これは愚かで幸せだった
――前世の〝罪〟の記憶
狼領主のお嬢様
Princess of The wolf lord

現在
シャーリー・ヒンス
現在
カイド・ファルア
現在
ティム
現在
サムア

"お嬢様"
前世
15年前
ヘルト
現在
イザドル・ギミー
現在
ジャスミン

「さようなら、ヘルト」
「さようなら、お嬢様」

狼領主のお嬢様

Princess of The wolf lord

守野伊音

イラスト：SUZ

カドカワBOOKS

口絵・本文イラスト
SUZ

装丁
伸童舎

Princess of The Wolf lord

c o n t e n t s

The wolflord
カイド・ファルア
ライウス領主、
通称・狼領主。
シャーリー・
ヒンス
カイドの館の
新人メイド。
15年前
ヘルト
悪事を暴くために領主一
家の家に、召使いとして
潜入した間者。
革命の旗手。
前世
“お嬢様”
ライウスに悪政をしいて
いた領主一家の一人娘。
その美貌から後に、“ライ
ウスの徒花”と称される。
狼領主のお嬢様
登場人物紹介
c t e r

ジャスミン

カイドの館のメイド。
シャーリーと同室。

イザドル・ギミー

ギミー領の嫡男。
カイドの悪友。

サムア

カイドの館の執事。

ティム

カイドの館の新人執事見習い。

カロリーナ・フォックス

カイドの館のメイド長。15年前は“お嬢様”つきのメイド。

アデル・フォックス

カロリーナの娘。
カイドが好き。

セシル・フォックス

カロリーナの夫。画家。

ジョブリン・ダリヒ

ダリヒ領主。並外れた巨漢

序章　そうして終わる、あなたと私

私の家は、武功を立てたご先祖様が、国王様より与えられた広い土地の領主だ。

ご先祖様が立てた功績で頂いた土地。しかし、全ての領主がよき治世を以《もっ》て、領地を、領民を潤わせたりはしなかった。特に私の祖父と父は酷かった。自分達の贅沢《ぜいたく》の為に、領民から搾り取り、無理を重ね続けた大地は痩《や》せ細《ほそ》り、豊かだった領地は見る見る朽ちていった。

当然領民からは不満が溢《あふ》れだした。けれど祖父と父は、不満を、当然の言い分を申し立てた領民を処断し、恐怖で領地を支配した。

私の家は、血も涙もない業突く張りの鬼畜生と呼ばれていた。

だから、この結果は当然の末路だ。


私は、燃え盛る屋敷をぼんやりと見つめる。

見目だけは美しい、まるで城のようだった屋敷が燃え落ちていく。少し視線を落とすと、花の色が気にくわないというお母様の一言で幾度もすげ替わった庭師が、丹精込めて……いや、殺されたくないとの一心で美しく保っていた庭も真っ白な煙を上げて、真っ黒な煙に混ざっていく。

この前植えた花は、彼にあげたくて私がこの手で植えた種は何色の花を咲かせたのだろうと、最早二度と咲くことはない種がひどく哀れに思えた。私などの手で植えられてしまったがために、こんな家の庭に植えられてしまったがために、あの種は一度も花を咲かすことなく絶えるのだ。

腕を捩《ね》じり上げられ、地面に膝《ひざ》をつかされた私の目の前には、領民から豚めと吐き捨てられていたお父様とお母様の首がある。入口を塞《ふさ》がれた地下室に逃げ込んだお爺《じい》様とお婆様は、あのまま燃えていくのだろう。あの真っ黒な煙のどこかに、二人の命があるのだ。

人の行き来が生み出す振動と風で、重たいはずの二つの塊がゆらゆらと小さく揺れていた。首を落とされれば形相も変わる。けれど、目の前の両親はそれだけではなく、恨みと怨嗟《えんさ》のこもった表情で転がっていて、それ以上の憎悪に囲まれて見下ろされていた。

私の前に何人もの兵士が集まってくる。

その中で一人違う甲冑《かっちゅう》を着ている男は反乱軍の……否、革命軍の、上にいる者だろう。男は、きっと私の知っている誰かの返り血を浴びた頰を適当に拭《ぬぐ》い、私の横に立つ人に話しかけた。

「長い間、ご不便をおかけ申し上げましたこと、ここにお詫《わ》び申し上げます」

朝、丁寧に結い上げてもらった髪は解《ほつ》れ、幾本もの束が視界を遮る。煙と髪で、何も見えなくなってしまえばいいのに。

そう何度も願うのに、叶《かな》わない。

「いや、お前達にこそ不便をかけた」

まだ無様に動き続けている私の心は、もうどこも正常な部分が残っていないにも拘《かかわ》らず、その声に切り裂かれる。自分だって気づいていなかった部分を丁寧に探しだし、幾重にも重ねて切り裂かれる痛みにおかしくもなれない自分は、やはりもう正常ではないのだろう。

「何も卿《きょう》自ら犬の真似事などなさらずともよかったのです」

「そう言うな。他に年の合う者がいなかっただろう？」

「左様でございますが……カイド様は我らの心の臓を止めたいとみえますな。我らは毎日生きた心地がしませんでしたとも」

男は声音に苦いものを滲《にじ》ませてその人を見ている。

その人の名前はヘルト。私より一つ年下の十六歳。茶髪に美しい金の瞳《ひとみ》を持った少年。

顔がいいからと母に雇われてからの二年間、どんな些細《ささい》な仕事も嫌な顔一つせずに引き受けて、いつもにこにこ笑っていて、誰の受けも良かった。入れ替わりの激しい従業員達の中で、格段に若い年齢でありながら、二年間誰の不興も買わなかった。

けれど、きっと違うのだろう。私は、こんな状況なのに浮かんでくる薄い笑みを堪えなかった。だって男は彼をカイドと呼んでいた。年齢だって本当かどうか分かりはしない。

私が知っている彼のことは、きっと偽りばかりなのだろう。

背が低いのを気にしていたことも、暖炉の汚れがなかなか取れなくてと煤《すす》けた鼻で照れくさそうに笑ったことも、動物に好かれることも、町の少女から花を貰《もら》ったと真っ赤になっていたのも、虫一匹殺せない怖がりで心優しい姿も、夜眠れない私にわざわざ休日を使って町で仕入れてきてくれた温かなお茶を淹《い》れてくれたことも。

私の恋人だったことも。

全て、偽りだったのだろう。

私は、膝をつく男達に囲まれ、穏やかに彼らを労うヘルトから静かに視線を外した。

冷たい石牢《ろう》の壁に凭《もた》れる気は起きず、生まれてこのかた見たこともない今にも崩れそうな粗末なベッドに座る。こうしたまま、何時間経ったのだろう。何日経ったのだろう。何度か食事が置かれては下げていかれたのは知っている。けれど回数なんて数えていないから分からない。

全てがどうでもよかった。どうせ、数えたって意味なんてないのだから。

お腹だって空かない。いつもは必ず部屋に備え付けられていた小さな焼き菓子も、飴《あめ》も、砂糖菓子も、何も欲しくはなかった。大好きだったのに、今では思い浮かべることすらできない。いつも部屋に飾られていた花も、香りも、何も欲しくはない。記憶も感情も、全てが赤い色に塗り潰《つぶ》されていてうまく思い出せなかった。


足音が聞こえてきた。それは私の牢の前で止まる。

来ると思っていた。そう言えたらよかったのに。私は俯《うつむ》いたまま自嘲《じちよう》した。

ヘルトなら絶対来てくれる。そう自信を持って言える。けれど、私の知っているヘルトがどこにもいなかった以上、もう、何一つとして彼のことで予測を立てられることはないのだ。

私は解れた髪を結い直すこともなく、ゆっくりと顔を上げた。

まるで夜空のようだった。漆黒の髪に、瞬く金色。髪色さえ偽りだったか。もう自嘲する気力すら尽きた。

「…………お嬢様」

静かで穏やかな声が好きだった。優しくて、柔らかい彼の言葉が大好きだった。

けれどもう、二度と聞きたくなかった。

「何か御用かしら、新しき領主様。年下の男の色香に惑わされ、この身を滅ぼした愚かな女を笑いにいらしたの？」

「お嬢様」

「あまり苛《いじ》めないでやってくださいな。あなただって何度も仰《おつしや》ったでしょう？ 箱入りの、愚かな女なの。遅い初恋にのめりこんで落ちぶれた惨めな女から、これ以上何を奪いにいらしたの？ 屋敷？ もうないわ。お庭？ もうないわ。ドレス？ もうないわ。宝石？ もうないわ。家族？ もういないわ。恋人？ 最初から、どこにもいないわ」

「お嬢様」

「お父様の尻尾《しつぽ》？ 元から知らないわ。だから二年もかけさせてしまったのね。ごめんなさいね、私が何も知らないばっかりに、あなた様の貴重な時間を費やさせてしまったわ。嫌だったわよね、ごめんなさいね。年増の勘違い女から、浮かれきった恋人ごっこなんてさせられて、可哀相ね、あなた」

「お嬢様！」

鉄格子を摑《つか》み、怒鳴った彼の声に口を閉ざす。

錆《さび》の浮き始めた鉄の塊を握り締め、俯いた彼の黒髪が頬を滑り落ちていく。闇に溶けて散った黒を私は見慣れぬはずなのに、恐ろしいほど彼の色だと思い知る。彼が生まれ持ったその色を知る権利を与えられなかったのだと、思い知る。

「お嬢様、あなたは何もご存じではなかった。どの悪事にも関わっていなかった。ただ屋敷の奥で囲われていただけだ。その事実を仰るだけでいいのです。それなのに、何故そう証言しないのです。何故、してもいない罪ばかりを白状するのです。このままでは領民を抑えられなくなります」

「お爺様が毎週絵を買っていたのを知っていた。お父様がまた土地を買ったのを知っていた。お婆様が毎週宝石を買っていたのを知っていた。お母様が毎週ドレスを買っていたのを知っていた。庭師が替わったのを知っていた、メイドが替わったのを知っていた、廏番《うまや》が替わったのを知っていた。その意味を考えもせず、与えられる贅《ぜい》を尽くした暮らしを十七年も生きてきた。充分な罪でしょう」

人としての情も心も持ち合わせていない、畜生にも劣る領主一家。人々はそう声高々に叫ぶ。それはきっと事実なのだろう。領主として、人間として、男として、女として、大人として。どれをとっても最低最悪の人達だったのだろう。

けれど、私の家族だった。父として、母として、祖父として、祖母として。それだけは、鬼にも畜生にもならなかった、普通の人達だったのだ。

彼らを諌《いさ》めなかった私も同罪だ。彼らの罪で贅を尽くした暮らしをしてきた私が同罪ではなくて何なのだ。彼らの罪で育まれた私という命は、生まれた時点で大罪人だ。

「それに、そんなことを言って何になるというのかしら。無罪放免で解放してくれるとでもいうのかしら。屋敷を返して、庭を返して、お父様達を、私の全てを返してくれるとでもいうの？　まあ、豪快ですこと」

「山間の修道院に入って頂きます。二度とこの地には戻れませんが、殺されることはありません」

「一人生き恥を晒《さら》して溺《おぼ》れ死《し》ぬことをお望みなんて、酷い人」

「……あなたに生きていてほしいだけです」

思わず噴き出す。滑稽《こっけい》で滑稽で、穏やかに笑ったつもりが醜く歪《ゆが》む。

「嘘《うそ》つき」

彼の顔が引き攣《つ》った。なんて滑稽な顔。

けれど、一番滑稽なのは。

「さぞや滑稽だったでしょうね。あなたの笑顔一つで胸躍らせて、口づけ一つで浮かれあがる女の姿は。そういえば、私の下手な刺しゅうを施したハンカチ、使うところを見たことがなかったわね。あげたその日に捨てたのかしら。慣れないお菓子も焼いたわね。あなたは食べてくれたけれど、持ち帰った分は豚にでもやったのかしら。あなたの誕生日に間に合うよう、花も植えたのよ。きっと今頃種のまま灰になっているわね。よかったわね、こんな女から花など贈られなくて」

彼は何も言わない。滑稽な顔を俯け、次に持ち上げた時はどんな感情も映してはいなかった。

「あなたと話す時間を作りたくて、苦手な授業も真面目に受けたわ。あなたにとってはただの情報収集だったけれど、私頑張ったのよ？　夜遅くまでかかって宿題を終わらせたんだから……あなたと一緒になれるなら家を捨ててもいいと、商売の勉強だってしたわ。あまり上手ではないけれど、料理も、洗濯も、掃除も、こっそり覚えたんだから。あなたは傷だらけの私の手を心配してくださったけれど、どうでもいいと思っていたのかしら。それともいい気味だと？　もっと傷つけばよかったと残念がったのかしらね。指の一つでも落としていれば笑ってくれたかしら？」

ああ、なんて愚かで滑稽な女。畜生にも劣る頭脳しかなかった馬鹿な女。

醜悪な罪に育まれた、無様な女。

「禍根にも火種にもならず、綺麗《きれい》に死んでみせますわ。それがあなたの望みでしょう？　どうか褒めてくださいな」

愛しいあなた。

くすくすと笑ってそう言えば、彼は何かを飲みこんだ。いつも陽光をくるりと躍らせた金色の中で、蠟燭《ろうそく》の曖昧《あいまい》な炎がゆらりと揺れる。もう一度揺らめく前に、固く瞳が閉ざされた。

嚙《か》み締《し》めた唇と一緒に金色が開かれたとき。そこにはもう誰もいなかった。

「…………それが、あなたの選択ですか」

笑むことを返答に代えた私に、最初からどこにもいなかった彼を消し去った人は、もう二度と振り返らなかった。


石が飛ぶ。罵倒《ばとう》が飛ぶ。正当な糾弾が飛び交う。

木枷《かせ》を嵌《は》め、俯き歩く私の頭上を飛び交っていく。視界に広がるのは、所々石が浮いた石畳と、煤がこびりついて刺繡《ししゅう》が見えなくなったお気に入りの晴れ色の靴。ヒールが空いた隙間にはまり込み、がくんと膝が折れる。けれど兵士の速度は止まらない。手枷に繋《つな》がった鎖を引かれるまま踏み出した足が靴を置き去りに進んでいく。けれど、結局二、三歩進んで膝をつく。靴を失った左足と、靴を履いたままの右足が作り出す、ちぐはぐとした段差を均《なら》して歩けるほど、今の私には気力も体力も存在しなかった。

結い上げる気力もなかった髪が流れ落ち、民衆と自分の間に境を作り出す。髪で作られた覆いの中、地面についた両手を見つめる。ちりちりと痛むような、ずきずきと痛むような、ただただ熱いだけのような。地面に打ちつけた膝と両手の痛みを判別できない。

ああ惨めだと滲んだ苦笑は、金の檻《おり》に阻まれて誰にも見られなかったはずだ。

すぐに引かれた鎖でよろめきながら立ち上がる。結局両方の靴を置き去りに、裸足で石畳を進んでいく。ひやりと冷たい石の上を裸足で歩む無邪気さを叱られた過去の自分に教えてやりたい。

その願いは、万人に望まれて叶うのだと。大衆の願いと愛した人の手によって叶えられるのだと思い知ればいい。

俯いたまま裁きの場まで辿《たど》りつき、そこでようやく顔を上げる。

この町にはこんなに人がいたのか。滅多に外には出してもらえなかったけれど、たまに両親と買い物に出かけた時はひっそりと静まり返った町だった。今思えばあれは、余計な不興を買わぬよう、気まぐれで殺されぬよう、息を殺して隠れていたのだろう。

あの、ひんやりと死の匂いが漂っていた町とは違う場所のように熱気が渦巻いている。

私への、憎悪が。

兵士に押されるがまま膝をつく。解けた髪を鷲摑《わしづか》みにされて前を向けられる。

人々は喉《のど》の奥まで見えるような大口で、様々な憎悪を叫んでいた。けれど、私にはすべてが纏《まと》まって同じ言葉にしか聞こえない。

「店を取り上げられた！」

「殺せ！」

「真っ当な商売ができなくなった！」

「殺せ！」

「飢えて子どもが死んだ！」

「殺せ！」

「王に上申を願い出ようとしていた夫は殺された！」

「殺せ！」

「先祖代々受け継いだ土地を返せ！」

「殺せ！」


「殺せ！」

「殺せ！」

「殺せ！」

もうそれしか聞こえない。外道もそこまで行き着いたかというような罪状が領民の口から止めどなく溢《あふ》れ出る。それら全てが私の家族の罪なのか、それとも彼らのみに降りかかったただの不運だったのか、最早分からない。

とりあえず、帽子屋のご夫婦、屋敷に働きに出て帰らないというあなた方の娘さんは旅の絵描きと駆け落ちなさいましたよ。

けれど、言っても詮無きことだ。今更罪の十や二十追加された所で何も変わらない。それだけの罪を重ねてきた。この身の呼吸一つ、瞬《まばた》き一つ、生の一瞬が、成長の過程全てが、罪の証だ。

視線だけを動かして、ひときわ高い壇の上に座るその人を見る。黒髪に金色の瞳《ひとみ》。変わらないのは瞳だけだったけれど、幾ら箱入りの馬鹿娘でも、あれが同じものだと言えるほど呑気《のんき》ではない。私が愛した穏やかな優しい光をどこにも宿していない金色と目が合い、私は口角を吊《つ》り上《あ》げた。私を育ててきた全ての歪みをそうと自覚して詰め込んだ笑みは、とても醜悪なものだっただろう。

「無礼者！」

こんな大声を上げたことがないから、ちゃんと出るか心配だった。

けれど、声は震えず、思った以上に張り上げることができた。

「卑しい虫けらの分際でわたくしに触れるとは何事です！　お前達はわたくしの為に金を絞り出せばいいのです！　美しく高貴なわたくしの為に働けることを光栄に思うべきなのに、それを不満に思うとは恥知らずめ！　誰のおかげでこの領地で生きてこられたと思うのですか！　お前達のような脳足らずの虫けら共は、わたくしに使われるためだけに生きているのですよ！　さあ、今すぐこの無礼者を殺し、わたくしを救いなさい！　そこの醜女！　ここに来なさい！　わたくしの付き人となる栄誉を与えて上げましてよ！　そこの男！　馬車の用意をなさい！　お前達が使うような貧相な馬車などではありませんよ！　わたくしの誕生日にお父様が誂《あつら》えてくださった王都の職人が作った最高級の馬車です！　それと、お腹が空いたわ、何か食事を用意なさい。お前達が食べている豚のえさではないと分かっているでしょうね。用意するのは、ちゃんとした人間の食事よ」

石が、罵声《ばせい》が、憎悪が。

棒きれが、呆《あき》れが、歓喜が。

「お前達、早くしなさい！　このわたくしが命令しているのですよ！」

様々な物が飛び交う視界の端で、彼の、領民が心から望む新しい領主の右手が振り下ろされる。

そうして終わる、あなたと私。

どこにもいなかったあなたと、私。

凍てついたはずの心が一番痛んだなんて、本当に愚かな女だ。

第一章　何故か始まる、あなたと私

そうして終わった、悪逆の限りを尽くした前領主の一家。身体は打ち捨てられ、血は途切れ、誰からも弔われぬまま、誰からも望まれて朽ち果てた一家はそこで途切れた。

なのに、その罪は許されなかったらしい。

死という最大の罰にして最大の解放すら許されぬ罪の中にいたらしい私は、自分の首が落ちた記憶すらそのままに生まれてきた。

いつから覚えていたかなんて覚えていない。物心ついたときから私の首は落ちていた。

罰なのかどうなのかは知らないけれど、両親は存在しなかった。前治世の名残で孤児なんてその辺に溢れ返っていたけれど、養護院の中で私は考えた。私は本当に、彼らと同じ孤児なのか、数多いる孤児と私は同じ孤児として分類されるのだろうか、と。

前の生の記憶があるという時点で異質だ。死を救いにできなかった現状が私に対する罰なのだとしたら、本当に両親なんて存在しないのかもしれない。捨てられたと思いたくないわけじゃない。両親がいたのなら捨てるのも納得ができる。既に朽ちて途切れたはずの命が歪《いびつ》でないはずがない。奇妙で不気味な赤子など捨てて当たり前だ。

けれど、本当にいたのだろうか。私はちゃんと人の女から生まれたのだろうか。

罰を受けろと、一度の死だけで許すものかと。

領民の恨みから、憎悪から、そうして生まれたのではないだろうか。そう、本気で思った。今でも思っている。

私は、笑わぬ幼子だった。泣かぬ幼子だった。

さぞや気味が悪かっただろう。本当に両親なんて存在が今生でもあったのなら、気味が悪いと、雨の中屋根もない場所に捨て去るのもうなずける。

私と、私の家族が悪行の限りを尽くした領地に生まれ落ちたのも、罰の一環だったのだろうか。捨てられた場所は此処《ここ》だったけれど、此処で生まれたのではないのかもしれない。それでも、結局はこの地で育つことになった私は、前領主一家の悪逆非道で外道な行いへの未だ尽きぬ憎悪と、現領主への称賛を雨のように注がれながら生きることとなった。

養護院の少し曇った大きな鏡。子ども達が横一列に並んでも取り合いをしなくて大丈夫なほど大きな鏡は、数年前に領主から全ての養護院に寄贈されたものだ。たっぷりとした薪、新古入り交ざってはいるもののどれも穴なんて空いていない清潔な服、全員に行き渡る菓子、真っ白な紙とまだ削られていない鉛筆。そのどれもが滅多に手に入らない貴重な品でも贅沢品《ぜいたくひん》でもなく、日常の当たり前の備品として揃えられた生活を当たり前に享受する子ども達。十五年前には、お菓子どころか食事すらままならず飢えて死んだ子どもが大勢いたと知らぬ子どもらが、陽だまりの中を笑い駆け抜ける。

金切声も大声も、腹の底から出すことを躊躇《ためら》わない子どもらの笑い声を聞きながら、鏡に映った自分を見た。鏡の中には、枯れ木のようにやせ細り、どろりとした陰気な瞳のみっともない女がいた。艶《つや》がなく、今にも枯れ落ちそうな髪を纏め、乾き切った肌のつまらない女だ。

これで十五歳の花盛りというのだから、笑うしかない。

滑稽《こっけい》な姿は笑えたけれど、鏡の中の私の口角はぴくりとも動かなかった。


生まれ落ちた瞬間から罪であった生を終えたはずの命で、罰を巡る生を漂う。

結果、領地一可愛げも愛想もない女として名を馳《は》せることとなったのは致し方ないとは思う。

けれど、院長先生の妹さんの娘さんの嫁ぎ先の三軒隣の親戚《しんせき》の友達の知り合いの先生のお兄さんのお孫さんのお隣さんのお得意さんの奥さんの実家の行きつけの店の常連さんの茶飲み友達の弟さんの同僚の気になってる人の職場の花屋さんの通りすがりのおばさんの井戸端会議で知った奥さんから聞いた旦那《だんな》さんの好敵手さんのお母さんの伝手で、巡り廻《めぐ》って現領主の屋敷で働くことになるなんて想像もできなかった私を、どうか責めないでほしい。

それはもう赤の他人、どころか、出発地点から赤の他人だった話がどうしてそこまで巡るのか。

皆さん、赤の他人にお節介を焼けるようになったんですね。それくらい生活にも気持ちにも余裕が生まれたんですね、良かったですね、現領主様万歳ですね。

でも、ちょっと巡りすぎなので、自重をお願いできたら嬉《うれ》しかった。

前領主の館は、消火活動が行われるどころか炎を助長させ続け、三日三晩燃やし尽くされた。跡形もなくなった屋敷の後に建て直された現領主の家は、前の建物とは似ても似つかないものだった。前が城のようであったのなら、今度はまるで箱のよう。要塞《ようさい》だってもう少し可愛げがあるのではと思えた。

母と一緒に花を摘んだ庭は兵士達の訓練場になっているし、父に肩車してもらって周りを歩いた噴水は馬の水飲み場だ。祖父の膝《ひざ》に乗って絵本を読んでもらった椅子もなければ、祖母に凭《もた》れてレース編みを習った木陰すらない。斬り倒された切株がぽつりと残るだけだ。

なのに、初めて訪れた時、胸は痛みすらしなかった。もう全ては終わったことなのだ。

私が裸足で歩いた石畳は、形の揃《そろ》った色違いの石が交互に敷き直され、沢山の笑顔が行き交っている。ひっそりと静まり返り、閉ざされた呼吸と死に物狂いで様子を窺《うかが》う視線だけが渦巻いていた町には、屋台が並び、店は道にまで商品と看板を突き出して少しでも客の目を集めようと声を張り上げた。こんなライウスは知らない。

かつての私が知っていたライウスは、酷く静かだった。人や動物どころか、風の音さえ息を詰めているかのような静けさを纏《まと》った町。そんなライウスしか知らなかった。知ろうともしなかった。それ以外のライウスがあるなんて考えもしなかったのだ。

今のライウスを見ていれば、あれがどれほど歪な町並みだったのかよく分かる。人の生活も生も感じられない、作り物の美しい張りぼてで彩られた死に掛けの町は、人々の希望によって息を吹き返した。

前領主一家である私達は恨まれた。憎まれ、正義の名の許《もと》に断罪された。それは正しかった。正義はあなた達の許にある。私達はまごうかたなき、一点の曇りさえない悪そのものだった。

幾度も幾度も、思い知れとばかりに見せつけてくれなくたって分かっている。

何も楽しんだりしない。何も望んだりしない。親しい人も作らない。院長先生がせめて十六になるまで待ちなさいと涙ながらに言うからここにいるだけで、後一年もすれば修道女になって誰とも関わらず一生を終えるつもりだ。

それが、領地が干からびるまで絞りつくし、領民を死に追いやった一族の最後の一人としての務めだ。


それなのに、どうしてこんなことになっているんだろう。

私は、物陰で一緒になって隠れている人を見上げて、小さく嘆息した。

黒い髪に金色の瞳。来年三十になると聞いたとき、ほらやっぱりと思った。年齢も違ったじゃないか。何が一つ下の十六歳だ。背が低いとしょんぼりと肩を落としてみせたくせに、本当は十四歳ならおかしくもなんともない身長だったじゃないか。

私は、一つ下どころか、三つも年下の少年に手玉に取られて転がされていたらしい。

愚かの極みだ。

私達が隠れている茂みの向こうでは、右手からメイドが、左手から執事が、きょろきょろと視線を散らしながら現れる。二人は、ちょうど私達の目の前でかち合った。

「旦那様を知らないか？」

「旦那様？　さあ、こっちにはいらっしゃらなかったわ。ねえ、シャーリーを見なかった？」

「シャーリー？」

領主様ならこちらにいらっしゃいますよと心の中で答える。けれど、実際口に出すと私も見つかってしまうから、しゃがんだまま黙って様子を窺う。

メイドの問いに、執事は器用に眉《まゆ》を跳ねあげた。

「誰だ、それ」

「この前配属された新しい子よ。ほら、茶髪の痩《や》せた子」

「ああ、あの陰気な……っぷ！」

メイドの手に握られていた雑巾《ぞうきん》が執事の顔面に張り付く。

「何するんだ！」

「顔色が悪いのは、夜あまり眠れないみたいだからだし、食が細くてあんまり食べないしおやつすら口にしないからよ！」

「失言は認めるから雑巾を投げるな！」

「使用済みよ！」

「なお悪い！」

「シャーリー追っかけるついでに目についた汚れ掃除してきたから汚れたてほやほやよ！」

「洗え！　そもそも、なんで追いかけてるんだ！　新入りが仕事さぼったのか⁉」

「失礼ね！　シャーリーの仕事はメイド初めてとは思えないほど完璧《かんぺき》よ！　その完璧さでさっさと仕事終わらせて、休憩のお茶に参加しないで姿くらますから探してるのよ！　あの子朝もろくに食べてないんだから！」

二人はきゃんきゃん怒鳴り合いながらお互いが通ってこなかった道に消えていく。喧嘩《けんか》しながらも捜索は続行しているらしい。優秀な執事とメイドだ。でも、できるならその優秀さを別の分野……別の人に発揮してほしかった。

私と同室のジャスミンは年も近いことから何かと気にかけてくれるけれど、どうせ私は一年後にはいなくなるのだから放っておいてほしい。

そんなことを思いながら、二人の声がしなくなったのを確認して立ち上がる。五歩……六歩、七歩離れて頭を下げる。

下げる相手は、私の隣に座っていた人だ。

「失礼致しました」

黒髪に金の瞳《ひとみ》の、まるで狼のように鋭い顔の男。昔あれほど嘆いてみせた身長はめきめきと伸び、ひょろいとからかわれては恥じ入っていた身体はそんな過去等無かったかのように育ちきり、子どもそのものだったもちりとした肌に大人の男の色を得た、ここライウス領の現領主、カイド・ファルアだ。

前領主の悪政により、穴を掘るほど落ち込んだ領民の生活を向上させ、甘い汁を吸っていた者を一掃し、たった十五年で景気も治安も国で有数の地だと言わしめた手腕を持つ、若き領主。

先日からメイドとなった私が勤める屋敷の主。私の旦那様となった人だ。メイドとなって働くことに不満なんて欠片もないけれど、旦那様が彼なのだけはどうにもこうにも……どうしようもないけれど、どうすればいいのだろう。

カイドは地面の上に直接座って、更に二歩追加して九歩離れた私を見ている。領主とは思えない態度だけれど、目の前で領主とは思えない態度を取っている人は何百年に一度現れるかどうかと言われている賢領主なのだし、私に領主にふさわしい態度を教えたお父様は最低最悪の愚領主だったのだから、私が知っているふさわしさが正しいのかなど分からない。それに、そもそも態度なんてどうでもいいのかもしれない。

獣を思わせる黄金が、私の爪先から顔まで撫《な》で上げていく。最後に顔で固定された視線をそのままに、カイドは長い指で己の顎《あご》を押さえた。

「見慣れない顔だと思ったら、そうか、お前がシャーリー・ヒンスか」

「……はい。先日より、こちらのお屋敷で働かせて頂いております」

苗字だけではなく名まで覚えているのか。

このまま下がろうと思っていたのに、まさか新旧メイドの判別どころか、新入りの名前まで把握しているとは。ご立派な領主様ですね。領主様の鑑《かがみ》ですね。私には何の救いにもならないけれど。

「旦那様のおかげです。孤児であるにも拘《かかわ》らず、このように立派なお屋敷で働かせて頂けますこと、心より感謝しております」

「それはよかった、が……さて、俺の政策はどうやら失敗だったか？」

「はい？」

このまま感謝を述べて去ってしまおうと思っていたのに、訳の分からないことを言い出して思わず声に出してしまった。

カイドは、もう一度私を上から下までまじまじと眺める。

「お前、この間まで養護院にいたと言ったな？」

「はい」

「痩せすぎだ。食料が行き渡らない環境だったか？」

棒きれのような手足に、かさついた髪、割れた唇。痩せて目だけがぎょろぎょろと大きい、不気味な女。

今朝も鏡に映っていた自分を思い出して、慌てて訂正する。

「いえ、とんでもないことでございます。確かに私のおりました場所は、地方の小さな養護院でございましたが、飢えることは勿論《もちろん》、冬でも充分すぎる薪と暖かな毛布が全員に行き渡っており、それは快適な暮らしをさせて頂いておりました」

役人は勿論、村人もたまに出かけた町の人々も、もちろん院長先生も、それは良くしてくださった。誰も飢えず、寒さに震えず、学校にも通えた。孤児だからということで不都合がないよう、それは手厚く育ててもらってきた。孤児の数は私の年齢を境に下降の一路を辿《たど》っているから余計にだ。

孤児は少なくなってきた。孤児が当たり前だった時代は終わったのだ。無理がたたって親が死ぬことも、食うに困った親が子を捨てることも無くなった。

そして、支給された品や金が、どこかの役人の懐に入っていたのは、前の領主、父の時代の話だ。孤児の為に捻出《ねんしゅつ》された費用が、肥え太った役人の娯楽に消える理不尽が当たり前にまかり通っていた時代は、とっくに終わったのだ。

私が痩せているせいで、よくしてくれた人々にあらぬ嫌疑がかかってしまうのは頂けない。

「さぁて、ならお前はどうしてその様相か、俺は聞かねばならないが？」

顎から外された指が、私を指してくるりと回った。

一メイドが、ふくよかだろうが、痩せすぎていようが、捨て置いてくれればいいものを。心の中で品なく舌打ちする。前はあまりに世間知らずすぎて舌打ちの行為自体知らなかったけれど、今生では舌打ちも罵倒《ばとう》だって知っているのだ。

一つ息を吐き、人差し指と中指を握りこむ。金の瞳が少し見開かれたように見えた。

「それは、私に前の人生の記憶があるからでございます」

今度こそ確かに見開かれた金の瞳とは裏腹に、きっと私の目は暗く濁っていただろう。

「前の生で、私はそれはそれは重い罪を犯しました。一応罰は受けたのですが、きっと、それだけでは許されなかったのでしょう。ですから、こうして前の生の記憶を持ったまま生まれてきてしまったのです。私は罰を受けなければならないのです。きっと、一度の生では足りぬと神は定められたのです。私は親愛なる我らが父の御心のままにこの生を終えるのです。それが神の御意思。私のさだめなのです。そうして贖《あがな》いを終えて初めて私は我らが父の膝元《ひざもと》に帰ることができるのでしょう。それまで私は贖い続けねばなりません。そうしなければ父たる神の御許に帰ることは叶《かな》わぬままとなるでしょう」

嘘《うそ》はついていない。ただ、聞いてもいない神の意思を勝手に定め、別にそこまで願ってもいない魂の円環に還りたいようなそぶりを見せているだけだ。

私は若干脚色した真実を彼に語り、見開かれた金色の瞳が色を変える瞬間を待った。

親切な人はたくさんいた。

優しい人も溢《あふ》れていた。

誰もがまともに食事をとらない私を心配して、いつまで経っても新しく買わずに継ぎはぎだらけの服を着る私に手を差し伸べてくれた。

私はその度にこの話をした。優しかった人の目が気味悪いものを見る目に変わっていく様を、親切な人が頬を引き攣《つ》らせて後ずさっていく様を、何度も何度も目にした。

目にする為に、話している。

嘘をついて更に悪行を重ねることなく、放っておいてもらえるという一石二鳥の方法だ。

狂信者に思われた。嘘吐きの哀れな娘に思われた。

どうせ誰も信じやしない。信じないけれど気味が悪いから離れていく。

そうです。私はおかしいのです。おかしい、陰気で鬱々《うつうつ》とした惨めな娘なのです。家族はもとより、友達もいません、恋人はもとより、親しい人もいません。いりません。

だから、放っておいてください。


淡々と事実を語る私の前で、カイドは再び自らの顎を押さえ、目を少し細めた。

その瞳は、まるで何かを見定めようとしているかのようで、少し居心地が悪い。もう少し鋭く尖《とが》れば、まさしく彼の二つ名の通り狼領主にふさわしいものとなるだろう。

あの頃見た、少し気弱で、でも優しい瞳をどうやって作り出していたのか不思議に思うほど、鋭くそれ自体が牙《きば》のように爛々《らんらん》と輝く金色だ。彼が、狼領主と呼ばれ始めたのがいつ頃からなのかは定かではないけれど、理由の一つがこの金色の獣のような瞳だろう。

狼領主は、逆らう者には容赦しない。それは前領主と一緒だ。けれど彼は慕われている。何故なら、逆らう者というのは、彼に逆らう者ではなく、法や倫理に逆らう者だからだ。

前領主に尻尾《しっぽ》を振っていた者は、あの日、会合で集まっていたあの屋敷で大勢捕えられて処断された。会合に出席しなかった者や、命からがら逃げだした者も、どこに逃げようが追いつかれた。どれだけ周りを分厚く囲んで籠《こも》ろうが、必ずその首に食らいつかれた。そこに容赦は一切なかった。多くの者が処断され、追放され、ライウス領の貴族の顔ぶれは随分変わった。元々、祖父と父の世代で替わった者が戻ってきたともいえる。

沢山の血が流れた。沢山の人が死んだ。けれど、前領主が支配していた時代に比べたら何ほどの物だろう。人の死が、流された血が、この地に確かな救いを齎《もたら》したのだ。

私達が壊したライウス領の地を、私達を壊したカイドが直していく。豊かなライウス領を取り戻していく。

立派な人なのだ。賢く、豪胆で、男前で。神から三物を与えられた魅力的な男の人。現実を見ようともしないのに、夢ばかり見ていた頭が空っぽの馬鹿な女など、好きになるはずもなかった人。

どうせならその牙で直接、私を終わらせてくれたらよかったのに。

私は両手を揃え、背筋を伸ばしたまま、金色が気色悪げに歪《ゆが》められるのを待った。けれど、なかなかその瞬間が訪れない。それどころか、興味深げに前のめりになっている。こっちに来ないでくださいと一歩下がる。

「さて、俄《にわ》かには信じがたい話だが」

「そうでしょうね。私はおかしいのです」

使用人の身分で無礼だと分かっていながら、こちらから話を終わらせようと会話を打ち切る。怒って首にしてくれるならそれでいい。院長先生の妹さんの娘さんの……忘れたけれど、それらの人の顔を潰《つぶ》してしまうかもしれないことだけは、少し申し訳ない。でも、これに懲りてもう二度と関わろうだなんて思わないでくれるなら、それに越したことはない。

これで終わりだと一礼して下がろうとした私の視界に、金色の瞳があった。

下から覗《のぞ》きこまれて思わず一歩下がる。下がった私を追うように立ち上がったカイドは、長い指で私の肘《ひじ》を摑《つか》む。片手だけで私の肘をぐるりと囲ってしまった様子に、眉が顰《ひそ》められる。

「だが、こういう場所に生きていると、嘘をついている人間は自ずと分かるものなんだよ」

肘を取った手が離れ、指先でぺしりと叩《たた》かれる。

「痩せすぎだ。俺の領民が飢えて死ぬなど許さんぞ」

「一年後には修道院に入る予定ですので、死ぬつもりはございません」

処刑でもされない限り、と、心の中で付け加えた。

その言葉を聞き取ろうとするかのように今度は上から覗きこんでくるカイドに、また一歩下がる。

「これは聞きしに勝る難物だ。嘘をついているように見えんのがまた凄《すご》いな」

「おかしな女はお嫌でしょうから、今すぐ屋敷を追い出してください」

「おかしい奴は自分でそうと気づかないからおかしいんだ。さて、お前の配置を変えようか」

「は？」

下がった分を詰められて、もう一歩下がる。

背中に何かが当たってそれ以上下がれなくなった。びくりと跳ねて後ろを確認すれば、何の変哲もない木だった。どこにでもある、何一つ特別ではない木を見て、ゆらりと感情が揺れる。

大きく伸びた木は、きっと私より年上だ。どちらの私が生まれるより前から、ここにいる木。思い出のものは悉《ことごと》く無くなっていたけれど、記憶にないようなものはこうして残っている。それが酷く理不尽で、状況も忘れて笑い出しそうになった。

「シャーリー・ヒンス。お前は今から、屋敷のメイドではなく俺直属のメイドだ」

「…………はい？」

何を言われているのか分からず、思わず聞き返す。

そんな私の腕を掴んだままカイドが歩き出した。その方向に気づいて踵《かかと》に力を入れるもあっさり引っ張られる。

「サムア！」

良く通る声に、まだ近くにいたらしいサムアとジャスミンが駆け戻ってきた。そして、腕を掴まれて引きずられる私に目を丸くする。

「まあ、シャーリーったら！　そんなところにいたの⁉」

「あの、旦那《だんな》様。この者が何か失礼を？　申し訳ございません！　何分新入りなものでして、まだ屋敷のこともよく分かってはいないのです。よく言って聞かせますので今回だけは大目に見ては頂けないでしょうか！　罰は私が受けます故、どうか！」

丁寧は丁寧でも、優美ではなく直角の勢いでびしりと曲げられた背。これが体育会系と呼ばれるものかと、ちょっと興味はあったけれど驚きのほうが強い。別に、私の代わりに謝ってくれなくてもいいのだし、私の代わりに罰など受けてくれなくていい。隣にいたジャスミンまで頭を下げるので、ほとほと困り果てる。

しかし、こんな状況なのに、当事者である私はまったく別のことを考えていた。

彼の周りには本当にいい人が多いと思い知る。人徳なのだろうなと、思う。父の周りにいた人は、私達には常に優しかったけれど、メイドや執事に対してはまるで家畜に見せるような態度だった。犬猫でも追い払うように手で払い、時に視線すら向けずにいないものとして扱った。あれだけの人

が出入りしていたにも拘《かかわ》らず、だ。

人徳がなかったのだろうなと思う。徳どころか、きっと、人として大切な物もなかった。だから、似たような人しか集まらなかったのだ。

そして、私にもなかったのだろう。だから、終わりは必然だったのだ。

似た者同士の私達は、全員同じ人の手によって終わりを告げた。それが、ライウスの民の総意であり、願いであり、救いだったのだ。


二人が同じ角度に下げた頭を見下ろして、カイドは苦笑した。ああ、初めて見る顔だ。

「何を勘違いしているのかは知らんが、こいつの粗相として強いてあげるなら痩《や》せすぎなことだな。さて、ジャスミン、こいつの朝食は？」

「え、あ、はい。パン一切れにスープ一杯……いえ、半杯？　です」

「メイドに肉の一切れも食わせてやれないとは……俺もまだまだな領主だな。ジャスミン、メイド長にこいつは俺付きにすると謝っといてくれ。一人奪ってすまんな。何なら追加で雇っていい。サムア、執事長にも同様に伝えろ」

彼こそおかしなことを言う主に、使用人二人の態度はというと。

「ああ、何だ。またですか。分かりました、そのように伝えます」

「シャーリー、よかったわね！」

…………何が？

やれやれ、いつものことだ。そういわんばかりに二人は「じゃあ、そのようにー」と声を揃えて歩き出す。ちょっと待ってほしい。一言くらい説明してほしい。

「あっ……ま、待ってください、ジャスミンさん！」

カイドに腕を摑まれたまま必死にジャスミンを呼ぶと、髪留めが吹き飛びそうな勢いで丸い頭が振り向いた。そして、サムアを突き飛ばす勢いどころか実際に突き飛ばして駆け戻ってくると、自由なほうの手を両手で握りしめてぱっと笑う。

「やだ！」

そしてこのやだである。満面の笑みでやだと言われた私はどうすればいいのだろう。

ジャスミンは、両手で握った私の手をぶんぶんと振り、やだやだと嬉《うれ》しそうに跳ねる。

「サムア、聞いた⁉　シャーリーが初めて私の名前を呼んでくれたわ！」

「……お前、同室なのに名前すら呼んでもらえてなかったのかっぶっ！」

雑巾《ぞうきん》再び。

サムアの顔を雑巾に挿げ替えたジャスミンは、まるで砂糖菓子を口の中に放り込まれた子どものように嬉しそうに笑う。

「あのね、シャーリー。この屋敷で旦那様付きは一番お得なのよ！」

「はい？」

「なんたって、お菓子食べ放題におやつ食べ放題に軽食食べ放題に、尚且つ町に視察にいかれた際にお供させて頂けるなら屋台だって食べ放題！　更に更に更に！　会食でもない限り、望めば朝食も昼食も、夕食だって旦那様と同じものを頂けるというご褒美仕事なのよ！」

「辞退させて頂きま」

「他の誰かがなったら羨《うらや》ましすぎて怨嗟《えんさ》渦巻く血みどろの争いが巻き起こるけれど、シャーリーなら皆喜んでくれるわ！　あなた、本当にやせ過ぎよ！」

す、まで言わせてもらえなかった。そして、全然お得な気がしない上に、何だか一気に殺伐としてきた話の流れをどうすればいいのだろう。

弱り果てて、少し考える。そして、とりあえず腕を離してほしいという結論に至った。手も腕も離してほしいけれど、優先順位としては腕だ。

まだ何かサムア達と話しているカイドを無言で見上げる。

昔は背が低いことを酷く気にしていた彼と並ぶときは、こっそりヒールを低くしたり、上に盛るような髪型はしないよう心掛けた。彼は気づいていなかっただろうけれど。……いや、本当は気づいていたのかもしれない。彼が何に気づき、何を知って、何をどう感じ、考えていたかなど、私にはきっと何一つとして分からないのだ。

背を気にしていた過去があったなんて信じられないほど体格に恵まれた彼を見上げる。それすら嘘《うそ》か本当かもう分からない。私の記憶に含まれた全ての真実は、きっと酷く少なかった。

何も言っていないのにくるりと振り向いてきた金色と目が合う。

思わず瞬《まばた》きをした私に、彼はにこっと笑った。

少しだけ、本当に少しだけ、そこにヘルトがいたような気がして、血の気が引いた。

「とりあえず、今の手持ちはこれしかないんだが、何味がいい？」

そうしておもむろにポケットに突っ込まれた手が開かれると、可愛い包みに入った飴玉《あめだま》がごろごろしていて、引いた血の気は即座に戻ってきた。

狼領主の二つ名に全く相応しくないそれに一つ瞬きをして、丁重に断る。しかし、断り文句の途中で勝手に放り込まれた。行儀悪く吐き出すこともできず、少し恨みがましい眼で見上げる。

カイドは、そんな視線を受けても飄々《ひょうひょう》と笑った。

じわりと口内に広がる甘味が、酷く苦い。甘いものを最後に食べたのはいつだったのか、もう思い出せない。

随分と久しぶりの甘味は、苺《いちご》味だった。

第二章　あなたと私の乾杯

もう十七になったのに、子どもの頃と同じくあまり外には出してもらえなかった。けれど屋敷は広く、それらをぐるりと取り囲んでいた敷地は歩いても歩いても端に辿《たど》りつけないほど広大だった。敷地の中には森に似た場所も、小川さえ流れ、湖も、野原もあったから、不満はそれほどなかった。私の世界が、どれだけ狭く閉じていたのか、知ったのは全てが終わった後だったから。

全ての時間は穏やかに流れていく。煩わしいことも、心痛めることもない。狭く閉ざされた事実を知らず、知り得た知識も情報も全て選ばれた上で与えられたものだけだと気づかず、管理された幸福だけを食べて生きた愚かな娘だった。

私は急いでいた。思ったより授業が遅れてしまって、約束の時間を過ぎてしまったからだ。一分、一秒だって惜しい。だって、私は次のダンスの授業まで何の予定もないけれど、彼はいつ仕事が入るか分からないから、一緒にいられる時間が少なくなってしまう。

ドレスの裾《すそ》が汚れるのも構わず、石畳の道を走り抜ける。低いとはいえヒールでは走りにくい。いっそ裸足で走ってしまいたいけれど、以前それをやって、彼に酷く怒られた。もう二度としないと約束させられてしまったのでできなくなってしまった。ちょっと足の裏を切ったくらい、すぐに治るのに。それに、ちょっとわくわくしたのだ。裸足に直接感じるひんやりとした地面は火照った身体を冷ましてくれるし、ヒールに邪魔されず、いつもより軽くなった足で、どこまでだって走れるとさえ思った。

けれど、いつものちょっと気弱な笑顔から一転し、言い訳も反論もできず思わず謝ってしまう迫力で否を連呼され、思わずもうしないと約束してしまった。

約束した白樺《しらかば》の木の下には誰もいなくて、荒い息と一緒に上下していた肩を落とす。

彼は仕事をしているのだから、呼ばれたらすぐにいかなくてはいけない。遅れた私がいけないのだ。

いつの間にか解《ほつ》れてしまった髪の毛を耳にかけながら、息を整える。待っていたら戻ってきてくれるだろうか。それとも、私が戻らなくてはならない時間までかかってしまうだろうか。

息を整え、髪を直し、服の皺《しわ》を払う。身だしなみを整えながら少し考える。駄目元でも待っていよう。せっかく二人で会える時間なのだ。諦《あきら》めきれるはずがない。

いつもの石の上にハンカチを広げようと白樺に背を向ける。背後でぱきりと小枝が踏み抜かれた音がした。

「わっ！」

「きゃあぁ！」

とんっと背を押されただけなのに飛び上がる。私の両手から離れて自由を得たハンカチはひらひらと飛んでいく。それを難なく摑《つか》みとった彼は、たまにびっくりするくらい素早い動作をする。小柄な身体で滑るように飛び上がり、爪先まで意識が行き届いたしなやかな動作でハンカチを摑みとる。まるで、私が知らない生き物になったかのようだ。

でも、それに驚く余裕はなかった。もう充分すぎるほど驚いていたからだ。

私は、彼と一緒にいるといつもドキドキする心臓を、違う意味でドキドキさせながら振り向いた。

「ヘルトったら！」

まだドキドキする心臓を必死に宥《なだ》めながら、頰を膨らませる。ヘルトは私にハンカチを渡してくれると、あははと笑った。可愛らしい笑顔が憎たらしいったらないのに、ドキドキが増してしまう。

「びっくりしたわ！」

「じゃあ成功です。遅れたお嬢様に対する仕返しですよ」

悪戯が成功したのが嬉しくて堪らないといった顔で笑われると、弱い。可愛い笑顔に苦笑で許してしまう。

だってこれは、私が遅れてしまったことを気にしないようにと、彼なりの許しなのだ。彼が遅れた時は、待ち時間で編んだ花冠をかぶって過ごしてもらった。俺は男ですよとしょんぼりする姿があまりに可愛くて、花がある季節は彼の遅刻の罰は花冠になった。

二人で木陰に座り、なんでもないことを話した。手を繫《つな》いだまま、ちょっとだけ肩を触れあわせて。それだけでドキドキして、とてもじゃないけれど小説のように肩に凭《もた》れかかるなんてできない。

別にこうやって二人で過ごすことは初めてじゃないのに、いつまで経っても慣れないのだ。

ちらりと見た彼の首筋が真っ赤だったけれど、私だって同じだから笑えない。笑えないのに、くすぐったくて、締まりのない顔か堪えようとするしかめっ面かどちらかになってしまう。

変な顔は見せたくなくて、私は必死に赤い顔を誤魔化そうと話を続けた。

「ねえ、ヘルト。あなたの故郷の話を聞かせて」

「聞いても面白くないですよ？」

「今日ね、北の領地の勉強をしたの。あなたの故郷はこの辺りかなと思うと、いつもは眠たくて堪らなかった授業にも熱が入ったわ。……先生の熱も入ったから遅れてしまったのだけど」

彼は苦笑した。

そして、本当に面白くないですよともう一度前置きする。

「同じライウス領といっても、ここは比べ物にならない痩せた土地です。隣のダリヒ領は常に領地を広げたいと長年目論んでいますが、あのダリヒ領でさえ欲しがらないような土地なんですよ。土地は広くても実りが薄く、田畑を広げようにも実りが悪い上に、石が多過ぎてそもそも農地に向いていない。そんな場所が境にあるから、ダリヒ領は反対のギミー領には執拗《しつよう》に絡んでも、ライウスにはあまりちょっかいを出してこないんです」

「雪が多いと聞いたわ」

「ええ、凍土と呼ばれてしまうような土地ですから、畑に使える土地も少なければ種を植えることのできる期間すら短いんです」

故郷のことを語る彼は、懐かしさと愛おしさと、それ以外の何かを滲《にじ》ませて瞳《ひとみ》を閉じた。

「………ヘルト？」

再び開いた金色は、今まで見たことのない色で私を見ている。

「子どもは勿論《もちろん》、大人も、家畜も……ひもじいのはつらい。当人達も、それを見ているほうも」

「それは、そうね……痩《や》せているのなら、肥料をやって太らせては駄目なのかしら……人と同じで、肥え過ぎても駄目？　肥料ならお父様に頼めばきっと用意してくださるわ」

必修科目とはいえ、ダンスの仕方ではなくて土地の肥えさせ方を習えばよかった。

悲しそうな彼に、私も悲しくなる。でも、彼は私の両手を握ってこつりと額を合わせた。びっくりして、思わず両目を瞑《つぶ》る。温かな彼からは、土と馬と、鉄の匂いがした。

「お嬢様がそんな顔をなさる必要はありません。大丈夫です。俺達だって、何もしてないわけじゃないんですよ。ちゃんとみんなが、みんな、が、生き残れるよう、生きて、いけるよう、頑張っています。だから、大丈夫です。それにお嬢様、俺の故郷の話は内緒だって言ったじゃありませんか。田舎者過ぎて、みんなに馬鹿にされてしまいます」

「そうだったわ、ごめんなさい……でも、そんなことないと思うわ。ヘルトは皆に好かれているじゃない。出身地なんてどうでもいいことよ」

「そう言ってくださるのはお嬢様だけですよ。お嬢様はここで大切に育てられた、お優しい方ですから」

「大丈夫だと思うのだけど……また箱入りだと言われたのかしら？」

「あ、分かりました？」

「ヘルト！」

手を振り払ってきぃきぃ怒る私に、彼はあははと声を上げて笑った。

一つに結ばれた馬の尻尾《しっぽ》みたいに揺れる髪が可愛くて、ふくれっ面だった私も思わず笑ってしまう。

無意味にちぎった草をぺしりと投げつけ、手打ちにした。

風が木々の間を駆け抜けて、葉を巻き込んだ。高い塀の向こうまで運ばれていく葉をなんとなく二人で見送る。

ヘルトの服の裾に汚れがついていた。それを爪先で削っていると、彼は慌てて引っ込める。自分でやるからと折りこんでしまったけれど、彼の爪は短いから汚れを削るには向いていないと思う。

「ねえ、ヘルト」

「駄目ですよ、お嬢様の綺麗《きれい》な指が汚れてしまいます」

「汚れなんて洗えば済むことだわ。それに、そうじゃないの」

「え？」

「あのね、その……いろいろと大変だとは思うし、私が外に出ることをお父様はあまりよく思っていないのは分かっているから、いつか、いつかでいいのだけど……」

「お嬢様？」

人差し指と中指を握りこんで、口籠《ごも》る私を心配した彼が覗《のぞ》きこんでくる。太陽よりも透明で優しい金色に励まされて、顔を上げた。今度は真正面から金色を見つめる。陽だまりみたいに暖かくて、柔らかくて、蜂蜜《はちみつ》みたいにうっとりしてしまう大好きな金色は、いつだって私に踏み込む勇気をくれた。ぎゅっと噛《か》み締《し》めていた唇を開き、からからになりそうな喉《のど》から言葉を紡ぐ。

「いつか、ヘルトの故郷に行ってみたいわ」

「お嬢様」

金色の中でくるりと光が弾ける様がとても好きで、思わず見惚《みと》れる。

「……遠いですよ」

「道中あなたとたくさんお話しできるのね」

「寒いですし」

「新しいコートを買う理由ができたわ」

「店だって野菜から髪飾りまで全部ひっくるめたごった屋ばかりだし、景色だって山と岩ばかりで、見るもの、ほんとに何もないですよ」

「あなたがよく登っていたという木を見たいわ。とても大きな木なのでしょう？　町全体を一望できて、夕焼けがとても綺麗と教えてくれたわ。でも、一番綺麗なのはこっそり抜け出して見に行った朝焼けだとも。あのね、私も登ってみたいの。……手伝ってくれるのでしょう？」

彼の故郷には、とても大きな木があるのだと聞いたことがある。作物は実らず、痩せた土地なのに、彼が生まれるもうずっと、ずぅっと前からそこに鎮座している大きな木。その洞《うろ》に潜ったり、太い枝に腰掛けて景色を眺めたり。小川の中を泳ぐ小さな魚は星のようにきらきらと光を放っていると。

「あなたが生まれ育った地を見てみたいと、ずっと思っていたの。いつか、連れていってくれる？」

故郷の地を語る彼はいつも少し幼く見えて、そこが彼にとってどれだけ大切な地なのか目に見えて分かった。彼が育った地の話をするたび、彼を育てた地への憧憬《しょうけい》は増していった。

いつか、いつか行ってみたい。

彼の大切な北の地に、彼と一緒に。

じっと見つめていると、彼は何かを言おうとした口を一度閉ざした。

そして、柔らかく微笑む。

「いつか、行きましょう」

「ほんと？」

「ええ、俺がお連れしますよ」

「嬉《うれ》しい！」

思わず溢《あふ》れた笑みに、彼は、優しい優しい触れるだけの口づけをくれた。

柔らかな木漏れ日の中で優しく吹き抜ける風が髪を揺らす。陽光と金色が混ざり合い、きらきらと光ってとても綺麗。大好きな人と過ごす、温かなものだけで構成された穏やかな時間。柔らかな風は髪を絡め取って通りすぎていったけれど、陽光は彼の瞳にとろりと混ざりこんだままだ。温かな瞳の中には、幸せな自分を疑いもしない愚かな女が無知を纏《まと》って笑っていた。

静かな衣擦れの音で目を覚ます。隣のベッドの上でジャスミンが寝返りを打ったのだ。

一瞬、此処《ここ》がどこか分からなくなった。

隣のベッドを見ると、ちょっと勢いがつきすぎたらしく掛布が滑り落ちている。纏う物が無くなっても目を覚まさなかったジャスミンは、すぅすぅと静かな寝息を立てて眠っている。

起き上がり、裸足で近寄って掛布を拾う。あの頃使っていたものとは比べ物にならないけれど、これだって清潔で質のいい綺麗なシーツだ。

いい時代になったものだと皆は言う。私も、そう思う。働きに応じた賃金が支払われ、働けば働くほど暮らしに余裕ができ、正当な税を払って日々の暮らしは守られる。明日への活力に満ちた領民の働きによって領地は潤い、実りを信じられる日々の喜びに溢れていた。

「ん……」

ジャスミンの手は、眠りながら落ちた掛布を探して彷徨《さまよ》う。起こさないよう、そっとかけ直す。彷徨っていた手はシーツの裾《すそ》を握り、幸せそうに眠り続ける。

起こしていないことを確認して、足音を立てずに自分のベッドに戻り、小さく軋《きし》んだベッドに体重を落とす。

深く息を吐き、両手で顔を覆う。頬を滑り落ちていくのは飼葉のようにかさついた髪だ。風に絡め取られて尚、絹のように美しくきらめいた髪はもう持っていない。それなのに、この生で十五年間連れ添った髪に少しの違和感を得てしまった己が惨めだ。

夢を見た。それ自体は穏やかな夢だったのに、嫌な汗が背中を伝い、鳥肌が治まらない。暖かな陽光が、柔らかな風が、穏やかな金色が、私の芯《しん》を凍らせていく。

「嘘《うそ》つき」

小さく呟《つぶや》いた言葉は誰に聞かれることなく、深々と落ちる夜に溶けていった。


パン一切れとスープ半杯。

少ない少ないとジャスミンにぷりぷり怒られながら朝食を済ませた私は、まだ本来の職場でさえ慣れていないというのに、新しい職場へと足を運ぶこととなった。

私は本来、領主の屋敷メイドとして雇われている。けれど、ここにはメイドが二種類いた。

一つは、私のように屋敷にいるメイド。掃除、洗濯など屋敷を保つことを主とし、時に来客の対応をする。

もう一つは、いま私が向かっている先、領主の仕事が行われている建物のメイドだ。

若い世代が多かった屋敷とは違い、こっちの職場は年齢層が高かった。擦れ違う使用人は、三十代から四十代が一番多く、二十歳以下と思える年齢の者はとても少ない。

今は比較的落ち着いてきているとはいえ、カイドは革命により成り立った領主だ。当時は残党による襲撃も間者も多かったと聞く。だから、信頼できる者で固めたのだと、案内をしてくれている三十代ほどのメイドが教えてくれた。当時のまま残って働いている者が多いから年齢層が上がっていて、執事もそうだという。

雇い入れる人間は、当然厳重な調べの上採用されているけれど、その中でもここは特別だった。忙しいのもあるだろうが、カイドがこっちで寝泊まりしているからだ。

そんな大事なことから、不審な動作には気をつけなさいとの心得まで教えてくれているのに、私は頭半分で聞いてしまう。いけないと分かっているのに、どうしても視線が擦れ違う人を追い掛けてしまうのだ。

何だか、既視感がある。場所ではない。ここは最早実家の面影など欠片も残してはいない。当たり前だ、あの日すべて焼け落ちてしまったのだから。

ならば、何に既視感があるのか。

擦れ違う使用人に目がいき、きょろきょろとしてしまう私の行動を、初めてきた場所への物珍しさと取ってくれたらしく、女性は苦笑した。

「執務室だから実用的にという領主様のお言葉だけど、初めて見るとびっくりしてしまうわよね。まさかこの地で、少しくらい威光を感じられる設《しつら》えに予算を割きましょうと進言申し上げる日が来るなんてと、執事達ともよく話しているの」

繊細な物より、長く使える物を。細工を入れるくらいなら太さでも増やせ。そう言わんばかりに、正に無骨の一言に尽きる建物。窓枠は鉄で、ガラスの隙間が狭いから割られても枠ごと外さないと中に侵入できない。下手すると鉄格子に見えるそれらは、必要だからこうなっているのだろう。

同じ敷地内でありながら、屋敷とはずいぶん違う。あっちはあっちでどちらかというと地味と呼ばれる類だけれど、ここに比べればまだ贅沢《ぜいたく》……というか、遊び心含めた洒落《しゃれ》っ気《け》があった。利便性より芸術性を取った箇所がまだ存在していたといえる。屋敷のほうが奥まった場所にあり、表に立つのはこの建物だ。普通ならば見た目が華やかなほうを表に出すけれど、ここは要塞《ようさい》こそが前面に押し出されている。向こうに行きたくばこれを破ってからいけとの意気込みを感じた。

でも頑丈なのよと、要塞みたいな建物を眺めて目を細めたその人の後ろを通り過ぎていく、三十代後半になろうかという男をじっと見つめる。でも、確信が持てない。私はカイドのように良い主ではなかったから。

いつまでも追い続けるわけにもいかず、視線を目の前の女性に戻す。

「すぐに慣れるわ。そうそう、あなたはメイド長に会うのは初めてよね？」

「いえ、採用頂いたときにお会いしました」

「あら、そうだったかしら」

「はい、ヒルダさんと」

少しふくよかな身体の、ふんわりとした笑みを浮かべる優しそうな女性だった。年齢は二十代半ばだろうか。初対面の挨拶《あいさつ》中に、にこりともしない私を叱りもせず「笑うのが苦手なの？」と聞き、「大丈夫、お客様がいらした時は頭を下げていれば、笑ってないなんてばれないわよ」と、笑わずにやり過ごす方法まで教えてくれた。

それは伝えないまでも、ヒルダさんは知っている旨を伝えると、彼女は「あら」と声を上げた。

「ごめんなさいね、違うのよ。ヒルダは代理のメイド長なの」

「代理？」

「ええ、メイド長は少し休みを……ああ、ちょうどよかった。あちらにいらっしゃるわ」

さっき私が目で追っていた男が立ち止まり、誰かと話している。一枚の紙を見てお互い指さしては何かを確認して、次の紙に移ってを繰り返していた。忙《せわ》しなく捲《めく》られていく書類は、ああ忙しいのだろうと思わせるには充分だ。一目見てそう思ったのに、私の中で声を上げたのはそんな事実ではなかった。

こちらを向いていた男が先に私達に気づく。彼は、私達に背を向ける形で立っている、自分の前にいる女性に何事かを告げる。女性は紙を折り畳み、くるりとこっちを見た。

三十代半ばほどの女性は、私達を見て「ああ」と口を開ける。

「ご苦労様、ダリア。彼女がシャーリー・ヒンスですね。話には聞いています」

手を差し出しながら、そばかすの残る頰で僅《わず》かに微笑むその人は。

「カロン……」

「え？」

そばかすを気にして少し厚めの化粧ばかりしていたカロン。

少しおっちょこちょいだけど、お茶目で愛嬌《あいきょう》のあったカロン。

恋人がいたけれど、両親が許してくれずに無理やり婚約者を決めてきたと泣いたカロン。

別れるその時、どうかお元気でと姿が見えなくなるまで恋人と一緒に頭を下げ続けたカロン。

帽子屋夫婦の一人娘、カロン。

私のメイドだった、カロリーナ。

思わず呟いた私に首を傾げたカロンに、慌てて頭を下げる。そして、同じように怪訝《けげん》な顔をした男は、一時執事をしていた男だ。そう、思い出した。

くるくる替わっていった使用人。些細《ささい》なことで叱責され首になっていたと、今生になって聞いた。

私は、カイドみたいに新人の名前なんて覚えていない。それどころか、元々いてくれた人すらほとんど覚えていないのだ。そもそも、長く勤めてくれた……否、長く勤められた人が稀《まれ》だったのだ。

昨日と違う顔ぶれ、先日見かけた人がもういない。あっという間にくるくる入れ替わる人々に、そんなものなのだと思っていた。勤めの経験も、己の家の現状も全く理解せず、理解していない事すら理解していなかった愚かな私は、使用人とはそういうものなのだと思っていた。

怖かっただろう。恐ろしかっただろう。

新しい生となり、かつての屋敷の惨状を聞くたびそう思った。

自分の粗相で、職どころか、下手をすれば家を失い、家族まで理不尽に奪われかねない恐怖の中、彼らは頑張って働いてくれた。

いつもどこか青褪《ざ》めて暗い雰囲気だったメイドの中で、カロンは同じ年の私にいつも元気な笑顔を向けてくれていた。線が細くて少し頼りなさそうな、けれど優しいあの画家の青年と幸せになってくれればと、見送った。

遠巻きに私を見ていた人々と違って、色々と気にかけて、いろんな話を教えてくれた、明るく優しいカロン。

友達のように、思っていた。確認したこともなかったし、彼女にとっては仕事の一環だったのかもしれない。けれど、大好きだった。

帰ってきていたのか。

そして、それでようやく既視感に確信が持てた。見覚えのある人々がいたのは気のせいではなかったのだ、と。

みんな十五年の歳月を経て年を取ってはいたけれど、面影は残っている。みんな、屋敷を首になっていった人々だ。もちろん知らない人も大勢いたし、私が気づいていないだけで、他にも屋敷にいた人はいるのだろう。屋敷を首になっていった人々。そうと知ったのは、やはり今生だった。私は、彼らは自らこの地を去ったのだと思っていた。家の事情か、本人の意向か、他にやりたいことが、やらねばならぬことがあって、次へ進んでいったのだと。ここは通過地点なのかなと思っていたのだ。次へ進んでいくための資金集めか、準備期間か、足がかりか。だから皆くるくる替わっていっても、誰も不思議に思わない。誰も何も言わない。そういうものなのだと。

そうぼんやり思っていたくらい、無知だった。無知で、傲慢《ごうまん》だった。通過していくのは人々だと無意識に思っていた。彼らが入れ替わっていく光景を毎日目にしていたというのに、自分がいた場所に誰かがすげ替わるなんて考えたこともなかった傲慢は、断罪を経てようやく自覚に至ったのだ。

自覚した瞬間感じたものは、吐き気を催す嫌悪と身の毛もよだつ羞恥《しゅうち》だった。

「カロリーナ、知り合いか？」

「いいえ……ごめんなさいね、私、あなたとどこかで会ったかしら」

男は執事の服を着ていない。つまり、今は執事ではないのだろう。それでも書類の束を持っていることから、おそらく別の形で働いて、カイドを、新領主を助けているのだろう。

忙しさからか少しやつれているけれど、人々の目はあの頃とは違う。

カロンはどちらかというと落ち着きを得たみたいだけれど、他の人々は生き生きと、目に力がある。いつも何を叱責されるか分からず、同じことでも、母の、祖母の、気分次第でどうにでもなってしまう屋敷内で、青褪め、びくびくとしていた人々とはまるで別人のようだ。

ああ、いい時代に、いい場所になった。

まるでお城のような、白亜の屋敷。

それとは比べ物にならない無骨な要塞のような箱型の建物。

それでもあの、私達だけの楽園より、よほどいい。私達の楽園は、ライウスの悪夢だったのだから。

働いている人の顔を見るだけで、そう思う。人が人として、当たり前の生き方ができる場所になったのだ。

「……知っている人に、少し、似ていたので。失礼しました」

「あら、そうなの？　ふふ、不思議なご縁ね。私もね、カロンと呼ばれていたことがあるのよ」

ええ、そう呼んだわ。笑うあなたが可愛らしくて、鐘の音のように可愛い愛称で呼びたくて。大好きなあなたを可愛らしい音で呼べることが、とても嬉《うれ》しかった。

「あの……お休みだったと伺いましたが、お身体を？」

「ああ、いいえ、違うの。夫の実家でご不幸があってね、少しお休みを頂いていたの。ありがとう、大丈夫よ」

「ご主人の、ご実家で」

「ええ、画家で各地を転々としているから、連絡してくるのが遅いのよ。困った人よね。……ああ、それにしても、カロンなんて久しぶりに呼ばれたわ。あなたのお知り合いが羨《うらや》ましいわ。私も、その音がとても好きだったの」

カロンは懐かしそうに目を細めた。昔より薄い化粧が、とてもよく似合っている。

あの愛称を、あなたも気に入ってくれていたのだろうか。そうだったら、よかった。嬉しいと言ってくれたあの言葉が真実であって、嬉しい。そして今もあなたが幸せなら、こんなに嬉しいことはない。

この地に関わった人全てが不幸になっていなくて、よかった。あの優しげな人は、今もカロンと共に生きて、彼女を幸せにしてくれているのだろう。

あなたがいなくなって寂しかった。けれど、見送ってよかった。

あんな最期をあなたに見せずに済んで、本当によかった。

ざわざわと、廊下の奥から静かで忙しない声が近づいてくる。大人の男特有の深く張りのある声は、長い廊下を滞りなく抜けて耳に馴染《なじ》んだ。

数人の男に囲まれて、早足で歩いてくる人がいる。背が高くて、まるで夜の闇を散らしたような黒髪を靡《なび》かせて、太陽よりよほど眩《まぶ》しい金色の瞳《ひとみ》で世界を見据えて。まっすぐに進む足取りに迷いは一切ない。

私達は廊下の端により、礼の形を取った。他の人達は既に挨拶を済ませているのだろう。目の前で立ち止まった人に、軽く頭を下げるだけだ。カロンに瞳で促され、朝の挨拶を告げたのは私だけだった。

「おはようございます、旦那《だんな》様」

「ああ、おはよう……目の下に隈《くま》があるな。眠れなかったか？　枕変えるか？」

「いいえ、眠りました」

いい時代になった。いい場所になった。

目の前の人が、カイドが、そうしたのだ。

カイドは周りの男の人達に指示と書類を渡して、ぐるりと肩を回した。まだ朝だというのに、既に一仕事終えたのだろう。

「カロリーナ、早速だが貰《もら》っていくぞ」

「はい」

「それにしても、こんなに急いで戻ってこなくても、もう少しゆっくり日程をとってもよかったんだぞ。強行軍だっただろう？」

「いえ、急にお休みを頂いてしまい、大変ご迷惑をおかけしました。これから忙しくなりますのに、これ以上お休みは頂けません」

「まあ、忙しくはなるな。だが、まあ、あまり無理するなよ。昔とは違うし、身体を壊しては元も子もないからな」

「旦那様にだけは言われたくありませんが、それは暗に私が年だと言っているのですか」

ずぃっと一歩踏み出したカロンに、カイドは慌てて二歩下がった。

「いや、いやいやいや違うぞ。女性にそんな失礼なことは言わない」

「失礼を承知で申し上げますが、あなた様と私はたかだか三つ違い。私が年ならあなた様も年でございますよ！」

「すまん！」

カロンは私にだけ「頑張ってね」と優しい笑顔をくれた後、優雅な礼をしてダリアと一緒に去っていった。残った男の人達の視線が憐《あわ》れみに満ちてカイドを見ている。憐れみには満ちているけれど、誰一人として助けようとしていなかった。助けを求めるようなカイドの視線から、さっと目を逸らしてさえいた。

「……もう昔のようにぎりぎりの人数で回しているわけじゃないと言いたかったんだ」

「…………はい」

ぽつりと落ちた言葉に、男性陣はカイドの肩をぽんっと叩《たた》いていく。

いい、場所に、なっ……た。

領主の部屋に人の出入りが激しい。それが、なんだか新鮮だった。

次から次へと人が出入りし、出迎えて見送る暇もない。書類を持っていたり、何かしらの確認を済ませると、次の人がもう入ってくる。重なったまま、同時進行で用事を済ませることすら珍しくはない。

父の頃は、こんなに来客は多くなかった。その来客にしても、ずっと前から会う日と時間が決まり、いつ誰が来るかきちんと管理されていた。

カイドの許《もと》に訪れる人々はみんな慣れたもので、挨拶《あいさつ》もそこそこに用件に入る。気心知れた人達なのだろう。雑談交じりで用件を交わしながらも、次から次へと持ち込まれる案件をカイドは次から次へと捌《さば》いていく。時には部屋に設置されている巨大な本棚の前に立ち、何冊か引っ張り出してきて、案件を持ってきた人と一緒に本と睨《にら》めっこしていた。

そんな風に午前中を過ごし、あっという間に昼も過ぎた。途切れない来客も部下達も、カイドは驚いた様子一つない。毎日こんな状態なのだと今日を過ごしただけで分かった。休憩一つ挟まず、慣れた様子で書類を捌き続けるカイドに、部下達は途切れず次の案件を持ち込んだ。

それでもなんとか昼を少し過ぎた辺りで人心地つくことができた。

カイドは書類の最後に何百回も書いていたサインを書きこむと、しゃっと線を引いてしめた。午前中だけで何度か足し直したインクをもう一度足す必要がありそうだと思いながら、お茶を淹《い》れる。

ようやくペンを置き、背を反らせて伸びをしているカイドにお茶を出す。

「ありがとう」

さらりとお礼を言って平然と飲み干す姿に、思わず眉《まゆ》を寄せる。

毒でも入れられたらどうするのだろう。

雇い入れる際に厳重に調べ上げているからなのだろうが、それにしたって不用心ではないだろうか。雇い入れたばかりの者を、口に入れる物に触れさせるべきではない。むしろ最初からこの建物付きメイドにするべきではない。

私が入れなくても、私が淹れたお茶に毒が入っていたら私が捕まってしまう。濡《ぬ》れ衣《ぎぬ》で処刑されるのは嫌だし、カイドがいなくなったら、皆、困る。

「不用心すぎると言いたいか？」

私の視線に気づいたカイドは、空になったカップをこっちに向けて振った。

「食べる物がない時は靴の革まで食べたし、食べて大丈夫な物を探し回っては少々の毒よりまずい代物の植物だって食べた。弱った民より、頑丈な俺が試したほうがましだったからな。だからか、多少の毒じゃ死なない。間者に『なんで死なないんだ！』と怒られたこともあったなぁ。それより数段まずい茸《きのこ》で死にかけたから、あいつはそれを混ぜ込むべきだった」

カイドはとんでもないことをさらりと言ってのけた。私は思わず言いかけた何かを飲みこみ、人差し指と中指を握り締める。

ただでさえ痩《や》せた土地なのに、重い税が課せられれば取り返しのつかないほど困窮する。次の春に植えなければならない苗さえ売り払い、果物を収穫するべき木々の皮を裂き、根を齧《かじ》って飢えを凌《しの》ぐ。翳られた木は枯れていき、作物の植わらない土地は固くなり、どんどん、どんどん、先細る。

私と共にいた二年の間にあったことには思えない。潜入している期間にそんな危ない橋は渡らないだろう。ということは、それより前。十四歳よりも前の話だ。否……二年経って十四なのだから、十二歳より、前だ。

「…………………いつ」

「ん？」

少し目を細めて何かを見ていたカイドが、私の声に顔を上げた。

「いつ、死にかけたのですか」

「いつと言われてもな……一度や二度じゃないしな。最初は六歳だったか？　流行病にやられて人手が減ってたところに増税の積み重ねでな。ろくに備蓄もできないまま迎えた冬を越えられなかったんだ。……あれは、酷い冬だった。薪すら足りず、凍え死なないよう何軒も纏《まと》めて生活して全員で分け合った。当然、食料なんてあっという間に底を尽いた。死に物狂いで口にできるものを探して回った。だが、その甲斐《かい》あって今まで食えないとされていたその茸が食えると分かった。食えないのは茎だけだ。何故か笠《かさ》は無害だった。あれであの冬は越えられたから、結果よしだろう。まあ、かなり怒られたが」

怒られて済んだことが奇跡だ。一つ間違えば、怒られるどころか、小さな彼の身体は泣き叫ぶ黒服に囲まれていただろう。

なんて無茶をと思う。けれど、潜入がばれなくても別の些細《ささい》な理由で殺されたかもしれない領主の屋敷に、単身で潜り込んでいた人だ。無茶は昔からだったのだ。

指を握り締める力が強くなる。

カイドは立ち上がり、別のカップにお茶を淹れて私に差し出した。

「それに、お前は間者などではないだろう？」

「…………何故？」

その確信はどこから来るのか。

私の怪訝《けげん》な視線に、カイドは心底呆《あき》れた顔をした。

「間者が目立ちきった状態で紛れ込んでどうするんだ。普通、怪しまれないように潜り込むものだぞ。最初から寄るな触るな近寄るなじゃ、間者など務まらない」

さすが元間者。説得力が違う。恐怖で支配された屋敷にするりと紛れ込み、誰からも好かれた少年は、唯一変わらず残った金色で私を見ている。

「俺には前世だなんだのの対処は分からん。聞いたこともない。だが、それがお前を苛《さいな》むなら、調べることはできる。その中で手を貸せることがあるかもしれない」

少し悩み、引かれる気配のないカップを受け取った。少し冷めたそれは、知らない香りがする。カイドは自分の分も淹れ直してカップを持つ。鮮やかな赤みがかった茶色が透明に揺れる。水面に映るにこりともしない陰気な女が、揺れに合わせて歪《ゆが》む。

「お前が何であれ、俺の領民であることに変わりない。俺は、領民には全員幸せでいてもらいたいよ。無謀で夢見がちで阿呆《あほう》な願いだとしても、そう思う。そうでなければ、俺が領主になった意味がない。前領主からこの地を奪った意味がない。全員が生涯遊んで暮らせる金を持てだなんて願っているわけじゃない。だが、せめて飢えないでくれ。冬が越せるか不安にならないでくれ。明日を信じ切れず、幼子を連れて死に絶えないでくれ。命を繋《つな》ぐために犯した罪で裁かれないでくれ。そして、それらの心配がないのなら、今度は笑って暮らしてほしいと思っているよ」

彼が紡ぐ願いは、きっと最低限の権利だ。最低限、人が持っていなければならない権利。かつてのライウスには、なかったもの。

人が人として、明日を当たり前に生きる。そんなことすら許されなかった時代があったと、知らない子ども達が生まれてくる時代になった。

「大変素晴らしいお考えだと思います。私もライウスの為、微力ではございますが、一年間旦那様の手足となりお仕え致します。ですが私は、それらを既に前の生で頂いております。旦那様の願いは、どうか未だ頂いていない他の方にお渡しください」

「残念だったな、シャーリー。俺は傲慢《ごうまん》なんだ。一人よりは二人、二人よりは三人、切りがないのはいいことだ。少なくとも、俺の目の前で飢えているのは許せんな。とにかくお前を太らせることから始めたいが、まあ、とりあえず乾杯といくか」

「何に対してですか」

「そうだな」

カイドは少し考えた。その姿を見上げる。本当に、背が伸びた。彼の身長に合わせてヒールを低くしていた過去が信じられないくらい。こっちの首が痛くなりそうだ。

カップがかちりとぶつかり合う。

「前途ある若者の、幸せな未来に」

「我らがライウスの未来に」

苦笑した彼と共にお茶を呷《あお》る。国中のお茶を取り寄せられたあの頃でも飲んだことのないお茶だった。けれど、癖もなく飲みやすいのに甘味とコクがあって美味しい。舌の肥えた貴族でも素直に飲み干せるだろう。

ぱちりと瞬《まばた》きした私に、カイドが笑う。

「美味いだろ？　東のほうにある町の特産品、に、なる予定だ。どうにもあの地は他の作物の実りが悪いが、この茶葉には適していてな。来年にはライウス中に広める。他領にも出せるくらいになれば最高だが、そこまでは難しいかもしれん。あの地は少々雨が多すぎるから、地盤が不安で農地を増やせんのが問題でな。まずはライウスで常時手に入る量が確保できれば上出来だ。今は他領から仕入れることが一般的な茶葉だが、地元で回せればあの地にもようやく安定した職ができるから、出稼ぎで軒並み働き手が出ていく現状が改善されるといいが」

手元のお茶を揺らし、液体が揺れる様を楽しげに見つめながら語る姿を見ていられなくて、そっと目を伏せる。

父から、祖父から、こんな話を聞いたことがあっただろうか。

家族は、王都の店の新作や、有名店の物ばかりを買い求めていた。ライウスから搾り取ったお金をライウスで使わなかった。そうすればどうなるか少し考えれば分かったのに、私は考えなかった。

綺麗《きれい》でしょう、可愛いでしょう。最高級の物よ。

似合うわ。素敵だ。可愛いよ。

与えられるがまま、家族の笑顔を信じ切り、それがどういう過程で与えられているか考えもせず。

ああ、あなたは正しい。

カイドを見上げて、私は笑い出したくなった。ずいぶん久しぶりに湧き出たその感情がなんだったのか、自分でも判断がつけられない。

愉快で、陽気で、惨めで、無様な、この感情の名を、私は忘れてしまった。

私は一体どんな顔をしているのだろう。金色の瞳《ひとみ》が見開かれ、確かに何かを呟《つぶや》いたのに、私はその言葉すら拾えない。彼は何と言ったのだろう。ああけれど、きっとそれは正しくて。

再び生を得て十五年、静まり返っていた感情が湧き出し、噴き出した。渦を巻いて身体中に行き渡るのに、血液より質が悪い。血液は身体を生かすものなのに、これは私を殺すものだ。

私達は僅《わず》かな曇りなく、いっそ輝かしいほどの悪だった。ライウスを蝕《むしば》む害虫そのものだった。殺されて然るべき、殺されるべき害悪だった。

彼の決断は英断となり、ライウスを滅びから救い、栄えを与え、領民を守った。

あなたは正しい。あなたは、強く、賢く、優しく、英雄と呼ばれるにふさわしい。あなたはまさしく、ライウスの救世主。

だからあなたは、間違えたのだ。

第三章　あなたと私のお客様

他者の記憶は、声から失われていくという。

それなら、最後まで残る記憶は何なのだろう。


パン一切れとスープ半杯。

朝食を済ませてからカイドの許《もと》に移動する。希望すればカイドの朝食に同席できるそうだが、その特権を利用したことはない。望んでいないと分かっているからか、そのこと自体はカイドに咎《とが》められたことはなかった。ただ、ジャスミンには酷く咎められている。

領主付きのメイドといっても、仕事内容は決して難しくはない。臨機応変な対応が求められるのはどんな物事でも変わらないけれど、基本的には指示をこなしているだけだ。

一日の予定組み立ても来客への対応も部下への指示も、カイドはすべて一人でこなしている。指示を出すこと一つにしても、伝達も他の用事を済ませるついでにと自分で行ってしまう。資料すら自分で持ってきてしまうカイドに、部下の人達は困ったものだと肩を落とすだけだ。何でも、散々言ってきたけれど無駄だったからだそうだ。

私も、少し困っている。せめて雑用でもさせてほしいと言うべきなのかもしれないけれど、そもそも私の仕事はその雑用なのだ。

お茶のお代りと資料の整理、インク等備品の補充。それが今の私の主な仕事だ。簡単な片づけはすれど、掃除は私の仕事ではない。多数の部屋に入り、部屋中の物に触れる。そこまでの信頼は得ていないし、権利を得ようとも思えない。私はここを去る人間だ。居場所を得る意味も理由もない。だから、掃除をさせられるほどの信頼が欲しいと願い出るつもりはないけれど、せめて自分が届けるよう頼んだ書類の受取先に私より早く到着しているのはやめてほしい。


書類を渡すついでに何件か用事を済ませてくるとカイドが席を立った間に、すぐに無くなってしまうインクを補充する。蓋《ふた》を閉め、元の位置に戻している間に知らず小さな息が漏れた。

私が行ってくると口に出す暇もなかった。一人で歩くカイドの歩みは大きく速い。走っているわけでもないのにあっという間にいなくなってしまう。付いて部署を回っているときに視界からいなくなったことはないので、一緒に歩くときは加減されているのだとよく分かる。最初から連れていく気がないときの歩く速度の速さといったらない。忙しいのは分かるけれど、せめて走ってくれたのなら納得がいく速度を書類を見ながら競歩で出さないでほしい。ヒルダさんが笑いながら「旦那《だんな》様に金魚の糞《ふん》がいないのは、みーんな追いつけないからなのよ」と言っていた意味を思い知った。

雇い入れたばかりの小娘一人を残して部屋を出ていった所を見ると、見られて困る物はないのだろう。だから、あまり躊躇《ためら》わずにぐるりと部屋の中を見回す。

壁を埋める本棚の隙間から窓が覗《のぞ》き、中途半端にカーテンを揺らしている。領主の執務机として用意されているカイドの椅子の後ろは壁しかない。三つある窓を本棚で半分埋め、明かり取りを見込めない位置に机を設置したのは、矢を警戒してのことか、単に本の量が多過ぎたのか。

領主の仕事部屋としての広さは申し分ないのに、どうにも手狭に見えるのは物が多過ぎるからだ。それでいて、装飾品の一つもない殺風景な部屋だ。本棚と幾ら整頓《せいとん》しても横倒しに積まねば収まりきらない本、大きな机と椅子の上には確認を待つ書類と詰め直したばかりのインク瓶、来客用のソファーと机もあるけれど、そこにも積まれた本や資料に追いやられた来客達は、文句も言わず隅でもてなされる。花は勿論《もちろん》、花瓶の一つ、絵画の一つ、小さな置物すら存在しない部屋。書類を押さえている文鎮なんて、庭にあった石だ。

小さく吸った空気の中に含まれる匂いは紙とインクだ。

「……書庫にいるみたい」

ぽつりと呟いて、横向きに積まれている本の背を合わせる。

私が知る領主の部屋とは、全く違う。ここには大きな花瓶も、大きな絵画も、染みついた葉巻の匂いもない。父が座っていた部屋は、酷くゆっくりとした時間が流れていた。大きな窓から吹きこんだ風が葉巻の匂いを散らせて、深く腰掛けた父と向かい合った来客がふかした煙はすぐに部屋の中に充満した。時たま上がる家族の笑い声と、使用人を呼ぶ鈴の音以外、静まり返った屋敷。

今この部屋では、耳を澄まさずとも音が届いてくる。本棚の位置を調整してかろうじて開く扉の向こうからは、兵士達の鍛錬の声が轟《とどろ》く。廊下では誰かがぱたぱたと足早に通り過ぎ、忙《せわ》しなく仕事を回している。かつてこの地で屋敷を美しく整え保ち、私の家族だけが快適に過ごす為だけに発せられていた音は、雑多で煩雑とした音に成り代わった。あちこちで上がった音は、音を発することに躊躇いのない気安さで響き渡る。その合間に聞こえてくる、ぽんぽんと跳ねるような笑い声。誰もが気兼ねなく言葉を交わし、時に上がる笑い声が決して珍しくはない音としてこの地を満たす。

「シャーリー」

低すぎるわけでもなければ、女子供のように甲高いわけでもないのに、他の音には決して混ざらない声に呼ばれて、はっとなる。いつの間に戻ってきたのだろう。ぼんやりしていた。

この部屋の、屋敷の、領地の主であるカイドの帰還に、慌てて振り向く。はいと返事をしようとした私の口に何かが飛び込んできた。反射的に手で覆って口を閉ざす。既に口内に迎え入れてしまった後なのにそんなことをしても意味がないけれど、反射なのでどうしようもない。

思わず目の前の男を見上げる視線に恨めしさが混ざりこむ。そんな私の視線を受けたカイドは、飄々《ひょうひょう》と同じものを自分の口に放り込んだ。

大きな掌の上で白い布の中に包まれているのは、私の片手でも四つは載ってしまいそうな小さな焼き菓子だ。ころころと転がっては互いをほろりと欠けさせる様子に、焼き立てだと分かった。

「帰りに厨房《ちゅうぼう》に寄ったら丁度試作中だったんだ。うまいだろ？」

一度口の中に入れた物を吐き出すのは抵抗がある。まして人前でなんて。それに、何が放り込まれたかは分からなかったとしても、どういう類の物が放り込まれたかは分かってしまう頻度で繰り返されてきた。いい加減顎《あご》も疲れてきている。舌の上でじわじわ温かさを広めている塊を、諦《あきら》めて噛《か》み締《し》めた。呼吸と一緒に、口内にバターの香りが広がる。甘い。

小さな甘さは口の中でほろりと崩れ、後には焼き立ての匂いと同じ味だけが残った。

自分も一つ口の中に放り込んで咀嚼《そしやく》したカイドは、うまいなと素直に感心している。

「……私は食事を自分で行えます」

「そうだな。だが、痩《や》せた人間と子どもに何かしらを食わせるのが俺の趣味なんだ。悪いな」

隙あらば人の口に甘味を放り込む趣味があるなんて知らなかったし、知りたくなかった。彼の技能が長《た》けているのか、私が隙だらけなのか、結構な頻度で放り込まれる。更に、先日からジャスミンまで真似をし始めてしまった。領民の手本となるべき人が、子ども達に一体何の手本を見せているのだ。

小さく一礼して距離を取り、お茶の用意を始める。カイドもそれ以上追っては来ず、大きな椅子に座って机の上の書類をぱらぱら捲《めく》った。何かを考えながら、補充したばかりのインクの蓋を開ける。静かに書きつける手の反対では、さっきの焼き菓子を摘まんで口に放り込む。そして、別の書類の山を覗きこみ、何枚か引き抜いて横に並べる。

忙しなく動いている手と同じくらい、金色の瞳が情報を処理していく様が見て取れた。大仰な動作をしているわけではないけれど、少し離れていても分かるのは、金色の濃淡が光を転がしているからだろう。

あの瞳を何度も覗きこんだ。私のほうが背が高かったし、低いとはいえヒールも履いていたから、いつも私を見上げる瞳を見ていた。上を向いた金色に光が混ざりこみ、くるりと踊る様が好きだった。光と蜂蜜《はちみつ》を混ぜこんだ、きらりと鋭く、とろりと柔らかい、飴玉《あめだま》のような瞳が大好きだった。

それなのに、ずっと見ていた私は、何も見えていなかったのだと思い知らされた。

陽光が踊る金色ばかりに気を取られ、大切なものは何一つとして見えず、見ようとすらせず。そんな私の瞳を見上げた彼には、一体どんな色が見えていたのだろう。きっと、無知で塗り潰《つぶ》された醜悪な何かだったはずだ。

お茶を出して、三歩下がった。一緒に飲まないかと毎度かけられる言葉を断わり、茶器を下げる仕事ができるまで待機する。肩を竦《すく》めたカイドはそれ以上踏み込んでこない。強引に放り込んでくるのはお菓子だけで、それ以外は基本的にこっちの意思を尊重してくれる。そういう所が、領主でありながら彼が好かれ、敬愛される理由の一つなのだろうなと、思う。

本棚に覆われた部屋でも、窓が開けられる以上風は通る。時々どっと上がる笑い声を乗せた風が本棚の隙間を縫って、カイドの黒髪を揺らす。邪魔なのだろう、横髪を耳にかける指先は、昔私の髪についた葉っぱを取ったものと同じだとはとても思えない男の指だった。

どうしてだか、いま、昔の彼ばかりを思い出す。座っている彼を見下ろすこの角度が記憶を呼び起こすのだろうか。同じである所など、ほとんどないというのに。

薄かった肩は厚くなり、華奢《きゃしゃ》だった線は頼りなさを消し、細かった手足は安定を得た。幼さ故の声の高さも、少女のようだった肌質すら変わった。

変わりゆく時間を目にしていれば、現在の姿までの摺《す》り合せは自然と行われる。けれど、子どもが大人になる十五年を離れていれば、それはもう全くの別人だ。そもそも、私が知っていた過去の姿でさえ偽りだった。

そのはずなのに、どうしてどこにもいなかった彼の姿が消えないのか。

書類に落とされた金色が僅かに動いたのを合図に、視線を外して伏せる。声も姿も思い出も、全てが偽りと過去の中に置き去りになった。けれど、どうして。瞳だけが、変わらない。最後に『私』が見た金色は、穏やかで優しい光どころか何の熱も存在しない鋭利な刃物のようだったというのに、どうして今、あの頃の木漏れ日を混ぜこんだような光を宿した瞳をしているのだ。

分かっている。メイド、執事、部下に限らず、領民に向ける彼の瞳は優しいのだ。こんな陰気で鬱々《うつうつ》としたおかしい女にさえ、領民であれば光を向けた。光を、救いを、日々の糧を与える。彼が柔らかな金色を刃物へと変えるのは、ライウスを破滅に追いやった害虫達だけだ。

「毎年」

外の喧騒《けんそう》に比べたら随分控えめな声だったけれど、他に物音を立てる存在がいない部屋の中では十分に通る。伏せていた視線を上げれば、カイドは次から次へと書類を流していた。書類に落とされたままの金色がこっちを向いていないことに、何故か少しだけ安堵《あんど》する。

「祭りの日は何をしていたんだ？」

細やかな説明のない問いだ。けれど、何を指しているかは分かる。いまこの時期に祭りと呼ばれるものならば、近々行われる一年に一度の大きな祭りのことだろう。私のいた田舎でも大々的に催しが行われ、屋台がずらりと並ぶライウス領最大の祝日だ。

「何故でしょう」

「好きな屋台があれば、今度はそれを一口大にして放り込もうかと思ってな」

しれっと言い切られた。けれど眉《まゆ》は寄せずに済んだ。だって、嘘《うそ》をつくまでもない。私は彼の望む答えを最初から持っていないのだ。

「手伝い以外は部屋におりました」

「そうか。誰かと一緒に？」

「いいえ」

「本でも読んでいたのか？」

「いいえ」

強弱のない平坦《へいたん》な声しか返せないけれど、あえてそうしているわけではない。そんな声しか出せなかった。喉《のど》も感情も、使わなければ衰えていくばかりだ。大声を上げることも、心を動かすこともなければ、使われることのない部位はどんどん退化していく。

「祭りの日も、そうでない日も、部屋におりました」

ジャスミンのようにころころと転がり弾む可愛らしい声も、カロンのように耳に馴染《なじ》む優しい声も出せない、酷く平坦で乾いた声で返答を聞いたカイドは、静かに瞳《ひとみ》を伏せた。

ベッドの端に座り、指を握ったままじっと座っている私を気味悪がった同室の子は、院長先生に同室者の変更を申し出た。どうしたの、体調が悪いのと、院長先生は何度も聞いてくださったけれど、体調など悪くはなかったので首を振った。

古い建物特有のひんやりとした静けさを纏《まと》った部屋、何人もの子ども達が使ってきた軋《きし》むベッド。

夕刻になれば、窓から差し込んでくる真っ赤な夕日が部屋を染めると、もう駄目だった。真っ赤な部屋の中で動けなくなる。長くはなかった人生の中で、ほんの少し、瞬《まばた》き程の短さを過ごした最後の場所は、私の中に焼きついていた。焼きついたそれらに、焼け落ちていく屋敷を前にして肌を焼いた熱さは存在しない。寧《むし》ろ真逆の、氷が張りついた皮膚のように冷たくかじかんでいた。痛みは寒さで麻痺《まひ》していくのに、冷たさで張りついた皮膚が焼けていく感覚だけが心の中で鮮明に凍りつく。真っ赤な寒さは、日が落ちても昇っても、消えることはなかった。

結局、気味が悪いと泣きだした同室者は変更され、私は院長先生の部屋に移された。部屋は余っていたけれど、一人部屋は与えられなかった。それは他の子との平等を保ったのか、私が異質だったからなのか。

同室になっても、忙しい院長先生が部屋に戻ってくるのは夜も更けた時間だ。ある晩部屋に戻ってきた院長先生は、持っていた明かりを机の上に載せ、ベッドに座る私の前に膝《ひざ》をついた。握りしめていた人差し指と中指をそっと解き、温かな両手で覆った手に額をつける。

『シャーリー、どうしてかしら。私には、貴女のその姿が、断罪を待つ悲しい宗教画に見えるわ』

そう言って泣いた院長先生に、二度目の断罪は誰が下すのだろうと考えていた私は、あの時の院長先生と同じ瞳を開いたカイドを見ても、やっぱり同じことを考えていた。

こんこんこんと無造作な速度で鳴らされた音に、私を見ていた視線がぱっと扉に移る。

「旦那《だんな》様、いらっしゃいますでしょうか？」

「カロリーナか、どうした？」

「書類とご連絡を。あらシャーリー、ちょうどよかった」

失礼しますと一礼して入室したカロンは、持っていた書類を机に、書類の上に載せていた白い布を私に差し出した。どこかに届けるのだろうかと受け取ると、白い布の中に薄ら桃色が見えた。軽さと持った感じから、中に包まれている物も布だと分かる。

「私が刺繡《ししゆう》したハンカチなの。よければもらってくれる？」

「え？」

私の手に載ったまま、カロンの手によって白い布が開かれていく。中から現れたのは、薄桃色に白い雪模様が刺繡されたハンカチだった。

「若い子の喜ぶ柄が分からなくって……古臭いかしら。ああ、それに、その布が可愛いから思わず使っちゃったけれど、やっぱり白が使いやすかったかも……。ねえ、シャーリー。お祭りの後のパーティーでは何色のドレスを着る予定なの？　よければ、そのドレスに合わせた色のハンカチも贈らせてくれないかしら」

勢いがついたのか、怒濤《どとう》の如く喋《しやべ》りながら詰め寄ってくるカロンに思わず仰《の》け反る。そうだった。カロンは勢いがついたら止まらない子だった。落ち着いた大人の女性になったのに、昔の癖が垣間見えて、少し目を細める。

「あの……パーティーとは？」

「あら、ジャスミンから聞かなかった？　さてはあの子、誘う機を逸したわね」

やれやれと一人で納得してしまったカロンが続きを話してくれるのを待つ。カロンはちょっと呆《あき》れた顔をしていたけれど、すぐにくすくすと笑った。

「あのね、お祭りではライウス中がお祝いになるけれど、お屋敷はずっと忙しいでしょう？　だから旦那様がね、お客様達をみんなお見送りした後はお仕事全部お休みして、私達使用人のパーティーを開いてくださるのよ。といっても、準備と後片付けは私達がやるんだけどね」

可愛らしいウインクが懐かしい。ああ、やはりカロンは笑顔が一番可愛らしい。

そんなものがあったのか。教えてくれたカロンの笑顔から視線を外し、足元を見る。

いつも部屋に戻ったら、ジャスミンがそわそわしてこっちを窺《うかが》っていた理由がようやく分かった。養護院でのように、気味の悪い私を嫌がっているにしては色々なことを一緒にしようと誘ってくれるので妙だなと思っていたのだ。

確かに、ライウス中がお祭り騒ぎとなる日でも、いやそんな日だからこそ、屋敷内は目を回す忙しさになるだろう。そのための慰労パーティーなのかもしれない。それでも準備と後片付けは自分達でやらなければならないのも頷《うなず》ける。いくら慰労パーティーだからといっても、ここは領主の屋敷だ。今は落ち着いたと聞いているけれど、昔は暗殺や襲撃が後を絶たなかったと聞いている。この要塞《ようさい》のような建物は、芸術への無関心から建てられたのではなく、必要だったからこうなったのだ。そんな場所に、外部の人間を容易く入れるわけにはいかない。掃除もそうだが、下働きの仕事になればなるほど、内部に踏み込むことになる。結局、自分達の慰労パーティーの準備も後片付けも、自分達でやったほうが早い上に安全だろう。

「パーティーは無礼講だから、誰と踊ってもいいのよ。だからジャスミンは、あなたと踊りたがっていたの」

「私は……参加しません。ハンカチも、頂く理由がありません。申し訳ありません」

白い布を元通りかぶせて、カロンの手に戻す。昔繋《つな》いだ掌よりも少し厚みが増えて乾いた肌は、昔と変わらず温かい。

懐かしいと、生まれて初めて思った。カロンの手の温かさにふれて初めて、この十五年で初めて、懐かしいという気持ちが胸の中を漂う。

懐かしいと思う気持ちは、自分がいた証明だ。人は、記憶を懐かしいと感じて初めて、過ごした時間を己のものとして感じられる。確かに十七年間過ごしたはずのこの場所を訪れた際、戻ってきたとは感じなかった。そして、変わらない金色に覚えたのは懐かしさではなく、痛みとも惨めさとも判断のつかない、虚無にも近いがらんどうだった。

「……そうなの？　残念だわ」

掌に載せたままになっていたハンカチをそっと仕舞ったカロンは、気を悪くした風もなく、気が向いたら是非参加してねと穏やかに続けた。昔の彼女なら「なんで？　どうして？」と聞いただろう。相手を追わず、静かに引いた姿に、彼女が十五年で得た落ち着きや大人の控えめな態度を見た。記憶との齟齬《そご》に少しの違和感と、同時に彼女らしさを感じた。変わっていても彼女らしいなと感じたのは、あの頃とは違う形とはいえ、同じ優しさがあったからだろうか。

「シャーリー、あなたって姿勢と所作がとても綺麗《きれい》ね。だから、何だか不思議な気分だわ」

「……カロリーナさん？」

小さく深い溜息《ためいき》に、そっと顔を上げる。

「前にも言ったけれど、あなたがお友達をカロンと呼ぶように、私にも私をカロンと呼んでくださった方がいたの。その方も、姿勢と所作がとても綺麗な方でね、シャーリーの丁寧で控えめな動作を見ているとあの方を思い出すの。でもあの方は、お祭りなんて聞いたら目を輝かせて、行ってみたいと仰《おつしや》ったと思うと、何だか不思議。あなたとあの方は違う人間だから、違って当たり前なのに、どうしてかしら。ここで、あなたがあの方と全く反対のことを言うから、なんだか、そうね……不思議と思う自分が不思議だわ。そんなの当たり前なのに、おかしいわね」

カロンは不思議な気分といった通り、どこかぼんやりと遠くを見る瞳で私を見ていた。

子どもが大人になれば、全てが変わっていく。それは少年も少女も変わらない。カイドもカロンも変わった。声音も、肌質も、体つきも。私が覚えている過去のそれらは正しく記憶できているのだろうか。私を呼ぶ声、私に触れた指の感触、私を抱きしめた温もり。忘れてはいない。忘れられはしなかった。けれど、関わりを失くした十五年間で、私が覚えているそれらが正しく記憶されているかは分からなかった。

他者の記憶は、声から失われていくと昔何かの本で読んだ。確かに、最初にぼやけたのは声だったように思う。私を呼んだ彼らの声は、確かにこの耳に残っていたはずなのに、聞けばきっと分かっただろうに、曖昧《あいまい》な印象を残してぼやけた。大切なものなど何も持たず過ごした十五年でさえ遠ざかってしまった彼らの声。交わした言葉も浮かべてくれた笑みも、胸を満たした温かな気持ちも全てを焼きつくし凍りつかせた痛みも、全て覚えているのに、どうしてだか音から散っていった。

そうして段々と、繋いだ手の感触、温度。細やかな情報が散っていく。既に亡くした家族、時の中に知っていた幼さを置いていったカイド達。保持していた記憶が正しかったかの確認すらもうできないそれらの中で、一つだけ、ああ変わらないと思ったものがあった。

最後まで散らず、ぼやけず、違えず。私の中にあったものは、私を見る瞳だった。

彼らが私にくれた温度は伴っていないのに、瞳を見た瞬間、ああ彼らだと思った。どうしてだかそう思った。それと同時に、最初に失う他者の記憶が声ならば、最後まで残る他者の記憶とはなんなのだろうと思った当時の幼い自分の小さな疑問が解消された。答えが出ても、何も晴れやかな気持ちになれなかったけれど。

でも、もしかしたら、最後まで残る記憶は人によって違うのかもしれない。私はあまり人と話す機会がなかったから、面と向かって話せるのが嬉《うれ》しくていつもじっと見てしまっていた。昔は何度も「そんなに見つめられると話しづらいです」と言われてしまったくらいだったから、自分では気づいていなかったけれど、瞳を見るのが好きだったのかもしれない。

昔は、カイドこそがそうなのだと思っていた。振り向けば、よく目が合ったから。今だって気がつけば目が合う。美しい金色の中に私を映している。けれど、きっと違うのだろうと今なら分かる。私はただ好きなものを見たがっただけだけれど、彼は全て見ていたのだ。全てを見て、探っていた。私の無知を、愚かさを、私より早く見つけていた。

「あの方は、あまり外に出ることが叶《かな》わなかった方だったけれど、色んなことに興味を持っていらっしゃったの。こんなことがしてみたい、あんなことがしてみたいと、いつも知らないことを楽しそうに語っていらっしゃって……屋台の話をしたらね、全部回ってみたいわとわくわくしていたわ。お腹がいっぱいになってドレスが入らなくなってしまったらどうしましょうって、それは可愛らしくって。無礼講って素敵、とっても楽しそうといつも仰っていたから、町でお祭りがあるなんて聞いたらきっと飛び出していってしまったわ……。ごめんなさいね、シャーリー。いきなりこんなことを言われても困るわよね。でも、どうしてかしら……私、あなたと目が合うと不思議な気持ちになるの。丁寧な所作以外、似てなんていないのに、変ね。もうずっと、ずっと昔のことなのに……」

私を見つめるカロンは、私ではないどこか遠くを見ている。遠い過去を語る瞳に映っているのは、目の前にいるにこりともしない陰気な女ではなく、無知で塗り潰《つぶ》された陽気な笑みを浮かべる愚かな女なのだろう。

太陽の出ていない雨の日も、夜も、両親が勝手に婚約者を決めてきたと泣いた日でさえ、いつだってくるりと泳ぐ光を宿していた瞳が、薄暗い影を落として私を見下ろしている。過去が、記憶が、彼女を蝕《むしば》んでいる。

ああ、ライウスの豊かさ、明日への糧、領民の命を奪っただけでは飽き足らず、あんなにも大好きだったあなたの光さえ、私は奪ってしまうのか。

「カロリーナ、俺に何か連絡があったんじゃないのか？」

インク瓶の蓋《ふた》を開けた音に、カロンがはっとなる。カイドはそれを見ないで書類にサインを始めた。お茶はいつの間にか飲みきっている。何も指示がないので、お代りは必要ないのだろう。だったら、茶器を下げて片づけてこよう。茶器を纏《まと》めていると、カロンが手伝ってくれた。

「変なこと言ってごめんなさいね、シャーリー。年かしら、嫌ね」

「いえ……失礼します」

そんなことありません。気にしないでください。そんな何かを言うべきだったのかもしれないけれど、結局何も口にはできずに頭を下げる。カロンはもう何も言わなかった。

「それで、カロリーナ。どうしたんだ？」

「はい、ギミー領の早馬が来ました」

「早馬？　道中で何かあったのか？　ギミーは他のどこより頻繁にライウスを訪れているから、慣れているはずなんだがな」

ペンを止めたカイドから緊迫した空気が発せられる。私も、扉へ向かっていた足を思わず止めてしまった。穏やかな風と声が吹き込んでいた部屋が、あっという間に緊迫感に包まれる。

しかし、カロンはすとんと肩と眉根《まゆね》を落とし、同じほど力の抜けた声を上げた。

「数騎の供だけ連れて馬車を抜け出したイザドル様が、本日中に到着なさるそうです」

カイドは瞳《ひとみ》を覆って天を仰いだ。

「……門を封鎖できないか？」

「門の開閉決定はメイドの仕事ではございませんよ」

ぐったりしたカイドを前に、カロンはやれやれと肩を竦《すく》めた。


日が陰り始めた頃、領主の館に来客があった。

玄関前の広場で出迎えたのは、執事長含めた三人の執事と、メイド長であるカロン含めた五人のメイド。そして、四人いた部下達にさっきまで持っていた書類を渡しながら指示を出し、散っていく後ろ姿を見送ってようやく背伸びをしたカイドと、カイド付きのメイドである私だ。

ほとんど荷を積んでいない馬が三騎、まだ両手を上げて伸びているカイドの前に止まる。いつものカイドなら、部下が相手であろうが私達使用人が相手であろうが、自分に用事のある人が来ればすぐに体勢を整えていたので珍しい。

二騎の騎手はすぐに馬を下りたけれど、真ん中にいた金髪の男は、馬に乗ったまま上機嫌で片手を上げた。

「やあやあ、カイド！　久しいね！」

「二か月ぶりの幻覚が見える」

前髪をぐしゃぐしゃと掻《か》き混ぜたカイドの前に青年がひらりと飛び下りる。先に下りていた騎手が慣れた様子で青年の馬を引き取った。

「長い付き合いだっていうのに、相変わらずつれないねぇ」

「長い付き合いの間に昔の可愛げを忘れてきたのは誰だ、イザドル」

美しい青年は、目尻《めじり》にある黒子を揺らしてにこりと笑った。

イザドルは、ライウスと隣接した領地、ギミー領の嫡男だ。

ギミー領は、壊れかけたライウス復興に随分手を貸してくれたと学校の授業で学んだ。

カイドは、崩壊寸前のライウスを掬《すく》い取った。飢えた領民を抱え、枯れた大地を歩き、残党を狩り、暗殺者から生き延びた。まだ十四歳だった彼の後ろ盾についたのが、ギミーの現領主だ。

十五年前の悪夢の時代を、そこからの十五年で起こったことを、大人は子どもに教訓として語り聞かせた。今の子ども達は、語られる悪夢しか知らない。自分達がおもちゃを持って駆け抜けた道で、飢えた子どもが死んでいた現実を見たことがない。

大人は語って聞かせる。沢山の人が死んでいった、酷い時代があったのだと。理不尽な死を日常に、不条理を友とし、潰《つい》える明日に脅えながら眠りにつく。そんな時代があったのだと。今の平和は、領主様が作り上げてくださった尊いものなのだと。そして、悪事を働けば必ず報いがあるのだと。

嘘《うそ》をつく子どもに、人の悪口を言う子どもに、人の大事な物を奪い取った子どもに、人を殴った子どもに、人の大事な物を馬鹿にした子どもに、宿題をしない子どもに、不都合を隠して誤魔化す子どもに、夜遅くまで寝ない子どもに、嫌いな野菜を食べない子どもに、人の嫌がることをする子どもに、人を傷つける子どもに、言って聞かせる。

そんなことをしていたら、前領主やお嬢様のように首を落とされるぞ、と。

鬼、悪魔、悪女、化物、女狐、人でなし。色んな呼び名が私達の上についていた。父に、母に、祖父に、祖母に、私に、私の婚約者に、それらに加担した全ての貴族に。そうして最後は統合されて、こう呼ばれる。

あの人殺し共のように、と。

それは、養護院育ちの私達とて例外ではない。親はおらずとも、大人はどこにでもいる。寧《むし》ろ、親が担うべき役割を社会が分散して負った孤児達のほうが、耳にする回数は多かったのかもしれない。親がいれば親が言うだろうと飲みこまれた言葉を、自分達が言わねばと、自分達が負わねばと、大人達は口を開いた。子ども達が真っ当に生きられるよう、性根が曲がり、規則を知らず、常識を知らず、道徳を知らぬまま育ち、やがて嫌厭《えん》され、遠巻きにされ、爪弾きにされてしまわぬよう。諌《いさ》めてくれる内が花だよ、大人になれば当たり前のことなんて誰も教えてくれないのだからと子どもを諌める。

かつて、悪の限りを尽くし無残な死を遂げた悪魔達という、最高の教材を使って。

「久しぶりだというのにつれないねぇ、カイド」

「予定通りついた客人は丁重にもてなすぞ」

イザドルは、少し乱れた柔らかそうな金髪を耳にかけながらカイドの横に並ぶと、楽しげな笑い声を上げてがばりとカイドに抱きついた。やめろ離れろと背中の服を摘まみ上げるカイドを意に介さず、紫色の瞳がきょろりと動く。

執事の三名は馬を受け取って列を離れたけれど、それ以外の面子はカイドの後ろに控えたままだ。

一列に並ぶ私達を、紫色の瞳が左から順に撫《な》でていく。

「それが、ライウス解放祭の為にはるばるギミーからやってきた次期領主に対する態度かな？」

「ギミー領からの賓客は、現在まだギミー領を移動中との報がつい昨日届いたばかりでな。少なくとも到着は十日後だ」

「ま、中身は空っぽだけど」

「くそっ」

腕を振り払い一歩距離を取ったカイドは、歪《ゆが》んだ襟元を直して動きを止める。何事か考えているのか明後日の方向に視線をやって、大きなため息をつく。さっき直したばかりの襟を再び乱し、タイを緩める。

「おや、今日は店じまいかい？」

「どうせ飲むんだろう、お前。前回も執務室に居座りやがって」

「分かってるじゃないか。と言っても、残念ながら俺の手土産の酒は馬車の中だ。今はご馳走《ちそう》になるよー」

「手土産も持たずに飲む気で来る心意気を褒めてやるよ」

「いやぁ、ライウス入った辺りからデブリンが合流狙ってるって聞いたからね。あの巨体と延々馬車に揺られるなんて御免だね」

「ダリヒ領領主はジョブリンだ」

「デブリンだよ。あいつ、また一回り太ったの知ってる？」

「あれ以上か？」

「そうそう。この前なんか馬車の床抜けてた」

私の記憶に残るダリヒ領領主は、樽《たる》のようだった父より二回りは恰幅《かっぷく》が良かったと記憶している。あの頃より太っているとしたら、床も抜けるだろうなとぼんやり思い出す。あの頃でさえ、こんなにふくよかな人間がいるのかと感心したくらいだったのだ。

目の前の青年イザドルも、あの頃の私が知っていた数少ない人間だ。知っているといっても、私が覚えているのは人形のように愛らしい十歳の少年の姿だ。そして、その姿の頃でさえ数えるほどしか会ったことはなかった。

大きな飴玉《あめだま》のようだった紫色を、とろけるように甘い宝石へ変えた瞳が、順繰りに使用人の列を辿《たど》る。ぴたりと私で止まったのは、そこが列の端だったからではないのだろう。

昔、世界をあるがままに見つめていた大きな瞳が細まり、目尻を下げた柔らかな笑みを形作った。

「知らない女の子がいるね。やあ、可愛らしいお嬢さん。初めまして。二か月前に来たときはいなかった子だ」

「うちのメイドにちょっかい出すな」

肩越しに私を見て回りこもうとしたイザドルの腕を、カイドが摑《つか》む。厚手の上着に細かな皺《しわ》が寄るほどの力は籠《こ》められてはいないようだけれど、それでも大きめの皺が幾本も出来ている。高価な上着に寄った皺など気にも留めず、イザドルはカイドの肩に顎《あご》を乗せて私を見た。

「新しいお嬢さんに俺を紹介しては頂けないのかい？　ライウス領主カイド・ファルア」

「俺に領主として紹介させたいなら、公式の訪問で現れろ」

「それはそうだ」

青年は、みっちりと刺繍《ししゅう》が入っているのに軽いマントを翻し、胸元に手を当てて軽く背を傾けた。

「ギミー領主が嫡男、イザドル・ギミーと申します。以後お見知りおきを、お嬢さん」

「旦那《だんな》様付きメイドの、シャーリー・ヒンスでございます」

手を揃え、背を一切曲げずに腰から折り、深々と頭を下げる。

「……いいね、姿勢にも抑揚にも無理がない。本当に雇い入れて一か月？」

「お前の女好きはどうでもいいが、うちのメイドに手を出すなよ」

「怖い狼領主が見張ってるライウスで、火遊びするほど愚かではないさ。お前、前にワイファー領の客が屋敷のメイド手籠めにしようとしたとき、それは恐ろしかったらしいな。今回ワイファーの領主、不参加で代理なんだろう？　噂じゃ、ライウスの名を聞くだけで失神するとか」

「よりにもよって俺の屋敷でふざけたことしでかすからだ。それに、領主には二度目がないよう徹底してくれと言っただけだ。シャーリー、もう頭を上げていいんだぞ。というより、ギミー領主代理はまだライウスに入っていないから、こいつはただの不審者だ」

「不審者はないだろ。せめて俺の心の友だ、くらいは言ってもらいたいものだね」

「シャーリー、夕飯は屋敷で食べるから用意を頼む」

私が頭を上げる僅《わず》かな間に流れるように無視されたイザドルは、片頰を軽く膨らませた。けれどすぐに甘い笑みを浮かべて、執務室に戻ろうとしたカイドの横に並び、後ろについた私に向けてぱちんと片目を閉じた。

ぱたぱたと軽い足音が後ろから迫ってくる。誰かを確認するより早くとりあえず道を空けるために端に寄った。

「シャーリー！」

後ろから走ってきたのはジャスミンだった。もう日が落ちたのにまるで朝のように元気なジャスミンは、端に寄った私の前まで駆け寄り、ぴょんと飛び跳ねて止まった。その後ろからばたばたと二人の少年が追いかけてくる。執事と執事見習いの二人は、息を切らせてジャスミンに追いついた。

「ジャスミン、さん、足、速すぎ、ですっ」

「さっきまで足が棒みたいとか言ってたの誰だ！　見ろ、ティムが死にそうだぞ！」

ぜいはあと息を切らせたサムアは、同じように胸を押さえた少年を支えた。若い稲穂のような瞳《ひとみ》をした少年はティムといい、私より数か月前に雇われた執事見習いだ。

私とジャスミンとティムが十五歳で、一つ年上のサムアは少し前に見習いを卒業している。今までは一番下だった自分に初めての後輩が出来てとても張り切っているのだと、ジャスミンが話していた。何度か妙に口籠《ごも》っていたので、にこりともしない私が相手で話しづらいのだろうと思っていたけれど、今思えばパーティーのことを話したかったのかもしれない。

どこから走ってきたのか、未だ息が整わない二人を放置して、ジャスミンは私の手元を覗《のぞ》きこむ。両手で持った瓶を見て、ぱっと目を輝かせる。

「あ、いいお酒！　イザドル様がいらっしゃったって本当だったのね！　やったね、シャーリー！」

何がやったねなのか分からず、返答に困っている間にジャスミンはうきうきと続けた。

「あのね、イザドル様は私達使用人にまでお土産くださるし、お優しいし、楽しいし、目の保養になるしで、とってもいいお客様なのよ！　それに、イザドル様がいらっしゃったときは、旦那様もこっちのお屋敷で過ごしてくださるから皆張り切るの。やっぱり主のいるお屋敷は活気があっていいなぁ。お忙しいのは分かってるけど、旦那様も、もっとこっちの屋敷に戻ってきてくださったらいいのに」

勢いのよい続きに、両手でお酒を持ったまま少し仰《の》け反る。イザドルは使用人に好かれるいい大人になったのだろう。愛想のない私にも、変声を経て低くなったにも拘《かかわ》らず、子どもの甲高さとは違う甘さを絡ませた声で分け隔てなく話していたので、人気もあるだろうと納得する。

無邪気な軽やかさを精一杯緊張させ、たどたどしく自己紹介してくれた幼いイザドルをぼんやり思い出す。それをどう取ったのか、ジャスミンは急に真面目な顔になって声を細めた。

「あのね、シャーリー。シャーリーはまだ働き始めたばっかりだし、こんな大きな集まりは初めてで慣れてないと思うから、言っとくね。貴族様って穏やかでお優しい方も多いけど、中には権力を笠《かさ》に着たくそ野郎もいるの。そいつ、べたべた身体触ってきたりとか、変なこと言ったりしてきて、お客様だからこっちも我慢してたけど、ある日ね、部屋に引きずり込もうとしてきたのよ！」

驚いて瓶を落としそうになる。さっきイザドルがそんな内容のことを言っていたけれど、まさかジャスミンのことだとは思わなかった。落ちそうになった瓶に、私以外の三人から悲鳴が上がる。

「わっ、いいお酒が！　驚かせてごめん、シャーリー！　大丈夫、なんともなかったから！」

「そう、ですか」

「いいお酒が割れなくてよかった……。あのね、本当に大丈夫。すぐに変だって気づいたサムアとティムが来てくれたし。でも、でもね⁉」

ぐあっとがなる様子に気圧《けお》され、再び仰け反ってしまう。今度は瓶を落としかけるような失敗はしなかったので、サムアとティムがほっとしていた。

「あのくそ野郎、使用人の分際でとか色々喚《わめ》き立てて、殴ろうとしたのよ⁉　ティムを！　酷くない⁉」

「ついでにいうと俺は実際に殴られた」

片手を上げて申告したサムアの頬を思わず見つめてしまう。数か月も前のことだから痕《あと》なんて残っているはずはないけれど、気持ちがいい話ではない。

「まあ、なんか何もない所で転んでもがいてる間に、すぐに旦那様が来てくださって牢屋《ろうや》にぶち込んでくれたから無事に終わったんだ。旦那様凄《すご》かったんだよ！　すっごい怖かった……」

「旦那様、めちゃくちゃ怖かったよな……俺に怒ってるんじゃないって分かってたのに、殺されるかと思った……旦那様が怒ってるの見たの初めてだったけど、狼領主って呼ばれてる理由がよっく分かった。あれは確かに怖い。めちゃくちゃ怖い」

「他の領は知らないけど、ライウスは旦那様が私達下々の人間までしっかり守ってくださる方だから、何かあったら我慢しないでいいんだからね？　何かあったらすぐに言うんだよ⁉　シャーリーは何も言わずに我慢しちゃいそうで、私怖いんだ」

怖い思いをしたのも痛い思いをしたのも私ではないのに、何故かジャスミンが落ち込んでしまった。思ったままの感情がくるくる表に出てくる少女は、いつも楽しげに働いているから悲しげな表情との落差が大きく出る。また、私が陰を。この地で笑う少女の瞳に、私が陰を。

何か言わなければならないのに、声が出てこない。声どころか言葉すら何も。小さな息だけがはくりと漏れ出た瞬間、俯《うつむ》きかけていたジャスミンの頭が飛び上がった。

「あっ、ずっと持ってたらお酒温《ぬる》くなっちゃうね！　引き留めてごめん！」

くるりと変わった声と表情に、呆然《ぼうぜん》と手元に視線を落とす。体温が移らないよう布で押さえているけれど、確かにずっと持っているのはよくないだろう。そう告げようとしたら、背中をぐいぐい押された。

「まだ忙しいのにごめんね！　急いで急いで！」

急《せ》かされるまま歩き出すけれど、ちょっと考えて振り向く。

「あの」

「なになに⁉」

私から話しかけることがほとんどないせいか、ジャスミンはぱっと顔を輝かせた。そこに陰りがないことにほっとする。

「ご無事で、よかったです」

どうということのない一言だった。これといって特筆すべき所のない当たり前の言葉だったのに、ジャスミンの瞳が大きく見開かれる。感情を分かりやすく映す大きな瞳に私が映っている。感情と光をよく映す瞳の中にいる無表情の私は、彼女の陰りに見えてそっと逸らしてしまった。

「失礼します」

小さく頭を下げ、少しだけ早足でその場を去る。角を曲がり、三人の姿が見えなくなって小さく息を吐く。いつのまにか力が入っていたのか、息と一緒に肩と頬のこわばりが抜けた。

「ジャスミン？　大丈夫か？」

「シャーリーが……シャーリーが私の心配してくれたっ！」

「誰でも心配する類の話で心配されない心配があったほうが不憫《ふびん》ってぇ！」

鈍い音とサムアの悲鳴が重なったので、どこかにジャスミンの拳《こぶし》がめり込んだのかもしれない。見えないので状況がよく分からないけど、このままだと盗み聞きになってしまう。お酒も早く届けなくてはならない。

「あーあ、またシャーリーをパーティーに誘いそびれちゃった」

「断られるのが怖くて言いそびれるの何度目ってぇ！」

「まあまあ、でもさっきの件も大事なことじゃないですか。いつもは静かなこの屋敷も、外からどんどん人が入ってくる時期ですし」

「そうだな……それにしてもあのくそ野郎、どうして死んだんだろうな」

急いで離れようとしていた足が止まる。

「私は関わらなかったから知らないけど、ワイファーに強制送還で引き渡したんだよね？」

「俺も関わらせてもらえなかったからよくは分からないけど、ワイファーからの迎えに引き渡した後、護送中に死んだって聞いた。心臓押さえて死んでたみたいだし、病死だろうって」

「俺もです。顔も見たくないだろうと執事長達がご配慮くださったんですね」

かつては日常に塗《まみ》れていた、誰かの死。名も知らぬ人間、名前だけ知っている人間どころか、知り合いも、下手すれば友達でも、その不幸や死に慣れてしまった時代。誰かが死んだとの話が、あまたかと溜息《ためいき》一つで済まされた時代とは違い、平和な時代に生まれた子ども達は、人の死の話題に少しそわそわとした緊張感を滲《にじ》ませている。

「あの人はきっと、罰《ばち》が当たったんですよ。ほら、悪いことをしたら罰を受けるってよく大人に言われるじゃないですか。前領主達のように焼かれるぞ、お嬢様のように首を落とされるぞ、ライウスの悪魔ウィルフレッドのように凍えて死ぬぞって」

いま聞くとは思わなかった名前に心臓が跳ねた。

ウィル。ウィルフレッド・オルコット。前ライウス領主の娘の婚約者であり、次期領主となるはずだった男だ。

親しいといえる間柄ではなかった。私は年に数回お茶をする程度で、ほとんど知らない相手といったほうが正しい。私より両親のほうが彼のことを知っていただろう。彼だって私を知らない。話したことは、今日の天気とお茶の味、そんなことばかりだった。互いを知らずとも、親同士が決める家の結婚とはそういうものだ。

前領主の政権が崩壊した後も、最後まで投降も自害もせず、逃げ続けたと聞く。しかし、前領主の遺物と成り果てた戦犯達はカイドによってどんどん狩られ、それまで味方だった者達は己が保身のためにあっという間に掌を返した。最後の一人になっても逃げ続けたウィルフレッドは、逃げ込んだ雪山で死んだと、授業で、習った。私の首が落とされた日から十か月後の冬だったと。試験には出ない、教科書に載っていた出来事の雑談の一つとして、授業が終わる五分間の繋《つな》ぎとして、聞いた。

「ライウスは民意で天罰を下せる領ですから、あの人にも罰が……」

突如ぷつりと言葉が途切れる。

「………サムアさん、ジャスミンさん、一ついいでしょうか」

遠い死の温度で下がったさっきまでのものよりもっとずっと低まったティムの声に、ごくりとつばを飲んだ音が二つ響く。

「いま思い出したんですが、後でやろうって言って後回しにした部屋の掃除が一つ残ったままですっ！」

「あっ！」

「うそぉ！」

おもむろに続いた言葉に、三人は慌ただしく元来た道を駆け戻る。

「まずい！　行くぞ、ジャスミン、ティム！」

「わっ！」

「こら、サムア！　そんなに乱暴に引っ張ったらティムが転ぶじゃない！」

悲鳴に近い掛け声と、慌ただしい足音が遠ざかっていく。完全に無音になるまでもたず、力の抜けた背を壁につける。足の力が抜けて、壁で背中を擦りながらしゃがみ込んだ。瓶を抱えたまま俯《うつむ》く。

「……ウィル」

久しぶりにその名を聞いたと気づいた。この屋敷には、大人から道理を説かれる幼い子ども達はいない。ジャスミン達が最年少だからだ。養護院では小さな子が多いから、毎日毎日誰かしらへの注意で使われてきた私達の名前。聞き慣れたはずだった。それなのに、久しぶりに耳にした名前に虚無が滲《にじ》みだす。自分達の名前を他者から聞くことはいつまで経っても慣れないのに、胸の中を満たす虚無は既に馴染《なじ》み深いものだった。

家族が、顔を知っていた人が。領民に理不尽な死を遂げさせた事実も、彼ら自身が無残な死を遂げた事実も、ずっと続いていく。過去が未来を作る以上、変わるはずのない過去が未来を連れてやってくるのだ。過去が未来から押し寄せる。変わらない罪を持ったまま進む未来は未来と呼べるのか。私が時を紡いでいくそこは、過去とどう違うのだろう。

私達は誰かの不幸にしかなれなかった。特に、私達と望んで関わった人は皆例外なく不幸になった。当たり前だ。私達と関わりたくて関わった人は、皆同類だったのだから。ライウスを、領民を救いたかった人々は、とうの昔にカイドと手を組み協力していた。最後まで私達と関わっていた人々は、もうどう掌を返しても許されるはずのない罪の渦中にいたのだ。その証を、この場所で、平和な時代に生まれてきた子どもの口から聞くのは、覚悟していたよりも重かった。

許されるわけのない罪を許されたいわけじゃない。許されてはならない罪を忘れたいわけじゃない。けれど、ではどうしたいのかと問われれば答えなど持たなかった。

救われたいわけではない。救いなど求めてはいない。あの時代に私達の所為《せい》で死んでいった数多の人々に与えられなかったものを望むわけがない。そもそも救いという言葉すら、私の中にあっていいものなのか。

目的も望みすら定まらない私は、ずっと惑い続けるしかないのだ。それなのに。

「シャーリー⁉」

全ての思考を捥《も》ぎ取っていく声に、眩暈《めまい》がした。


「どこか痛むのか⁉」

蹲《うずくま》るメイドの前に躊躇《ちゅうちょ》なく膝《ひざ》をついた人は、今まで何足の靴を駄目にして来たのだろう。旦那《だんな》様はすぐ靴に線を入れてくるから困ると、執事長はこの前もぶつくさ言っていた。その上勿体《もったい》ないからと買い換えるのも渋るので、出来る限り線を消して修復するのに苦労する。そう言いながらも、どこか嬉《うれ》しそうに靴を磨いていた。

この人には、靴を失っても差し出してくれる人が沢山いる。そして、この人が靴を失うのは、きっと誰かの為なのだろう。失って裸足のまま歩き続けることもなければ、そもそも断罪の中で靴を失うこともない。靴に人徳の差が現れるなんて知らなかったけれど、靴だけではなく全てそうなのだろう。与えた人間には与えられ、奪った人間には与えられない。そんなのは当たり前のことだ。

「シャーリー！」

「大丈夫です」

ああ、お酒が温くなってしまっただろうか。そう思って落とした視線の中からお酒が抜き取られ、床に置かれた。

「お届けが遅くなってしまい申し訳ありません」

「そんなことはどうでもいい、すぐに医務室に」

自分の靴は横線が入ってしまっても履き続けようとするのに、その何倍も高いお酒を蹲ったメイドのためにあっさり捨て置く。優しく、領民思いの領主様。何も定まらない私だけれど、きゃらきゃらと声を上げ、光を纏《まと》って笑う子ども達が、彼が領主となった時代に生まれてこられてよかったと思う心に偽りはない。大人でさえ明日も知れなかった時代に、あの子ども達が赤子として存在したかもしれない事実にぞっとする。十六歳のサムアは、正に最後の暗黒時代を赤子で生き延びたのだ。あの子ども達が、ここで笑い合えない未来があったなんて考えたくもない。

彼が領主でよかった。それは、まごうかたなき事実であり、本心だ。

もう一度布で囲ったお酒を持って、さっと立ち上がる。

「大変失礼致しました」

「シャーリー」

「大丈夫です。失礼致しました。旦那様はどうしてこちらに」

やはりお酒を届けるのが遅くなってしまったので様子を見に来たのだろうか。ここは彼の屋敷で、日が落ちたとはいえまだ屋敷内にはそれなりの数の使用人が働いているのだから誰かに指示を出せばよかったのに、やっぱり彼は自分で動いてしまうらしい。

「床に下ろしてしまいましたので、他のお酒を持って参ります。どちらの種類に致しましょう」

「……いや、それでいい。どうせあいつもそれなりに出来上がってきたから、味なんて分からん」

しなやかに立ち上がったカイドは、私の腕の中から再びお酒を引き抜いてしまった。適当に棒きれでも持つかのように握り、じっと私を見下ろす。

「本当に大丈夫か？　気分が悪くなったのならすぐに休め」

「大丈夫です。お手数をおかけしてしまい、申し訳ありません」

もう一度大丈夫ですと繰り返す。カイドはまだじっと見下ろしたまま、小さくため息をついた。

「戻ろう」

お酒を持ったまま歩きだしてしまったカイドに困る。確かに遅くなってしまったけれど、旦那様に荷物を持たせて自分は手ぶらで歩く旦那様付きメイド。即刻解雇されるくらい大変な問題だ。カイドがいい領主であることは否定しないけれど、人の仕事をひょいっと奪っていくこれだけはどうにかしたほうがいいと思う。

荷物を回収できないものかとちらりと見上げると、歩き始めても私を見下ろしていた金色とばっちり合わさった。大丈夫だと言ったのに信用されていない。いつから見ていたのか、それとも今までずっと見ていたのか。視線を逸らして、進行方向だけを頑《かたく》なに見つめる。

「大丈夫です。明日の外出も問題ありません」

明日は、昼から町に下りる予定だ。

祭りに向けて各領地から来客がある。彼らが到着し始めれば今以上に忙しくなるだろう。その前に、一度町に下りて様子を確認がてらいくつか仕事を済ませたいと言っていた。

「分かった。ただ、具合が悪くなりそうだったらすぐに言え。それだけは徹底してくれ。それに……どうもイザドルが嗅《か》ぎつけそうだな。あいつはこっちの空き時間を嗅ぎつけるのがうまいんだ。大方今日も、来客がある前なら俺が空いているだろうと踏んで飛ばしてきたんだろう。ジョブリンと同乗したくなかったのも本音だろうが、毎度毎度予定通りに帰った例《ためし》がないしな」

しかめっ面でイザドルへの文句を呟《つぶや》いたカイドが少し幼く見える。幼さが記憶をなぞり、指を握って込み上げてきた何かを散らす。後は黙って後をついていく。

カイドとイザドルは食堂を使わず、カイドの私室で夕食を取りがてらお酒を飲んでいる。そんなに遠くないカイドの私室にすぐ辿《たど》りついた。

けれど、いつもと様子が違う。毎日丁寧に掃除はされているけれど、ほとんど使用されない部屋の前に人だかりができていた。それも、ほとんど女性ばかり。いつもはしんと静まり返っている一角が、きゃあきゃあと跳ねる声に彩られて、まるでお祭りだ。

「イザドル様、お祭りの後のパーティーには出てくださいますか!?」

「是非参加させてもらうつもりだよ。君達もいつも通り可愛らしく着飾っておいで」

「あのっ、今年も私と踊ってください！」

「きっと今年も皆美しいんだろうねぇ。俺などが隣に立つと笑われてしまうかもしれないけれど、それでもいいのかい？」

「勿体ないお言葉ですぅ！」

女性達の隙間から部屋の中にいるイザドルが、ぱちりと片目を閉じたのが見えた。きゃーと黄色い悲鳴が上がる。

昔、たどたどしく、けれど真摯《しんし》に一所懸命挨拶《あいさつ》してくれた子どもは、流れるように流し眼を贈れる大人に成長したようだ。大変手慣れた様子で女性をあしらう様子に、なんともいえない気持ちになった。私はあまり回数をこなさなかったので最後まで得意ではなかったけれど、彼なら王城主催のパーティーもそつなくこなしてしまいそうだ。年数回だけ訪れた王都。華やかで、きらびやかで、物と嗜好《しこう》が溢《あふ》れた町。今生では一度も訪れていない。訪れる機会もなければ、理由もなかった。

王都を思い出す華やかさと、溢れんばかりの香水の匂い。きゃあきゃあと楽しげに上がる黄色い声に、揺れるリボン。まるで違う場所のようだ。

「……知ってるか、シャーリー」

「……何をでしょうか」

「この内の七割は既に勤務時間を過ぎている上に、手前の面子はもう私服に着替えていたのに再び制服へ着替え直して戻ってきた。俺は、彼女達に残業代を払うべきなんだろうか」

「……メイド長に相談されては如何でしょうか」

「……カロリーナに一任しよう」

どう答えるべきかと迷い、結局カロンに判断を委ねてしまった。人の仕事をひょいひょい奪っていくカイドも深く頷《うなず》いた様子から、本当に困っていたのだろう。疲れ切った顔で、きゃあきゃあと華やかな空間を眺めていたカイドの腕からお酒が引っ張り取られた。

「畏《かしこ》まりました。では、お答えいたしましょう」

カイドから奪い取ったお酒を丁寧に布でくるんで持ち直したカロンは、すぅっと胸が膨らむほど大きく息を吸いこんだ。こっちに気づいたイザドルが慌てて耳を塞《ふさ》ぐ。カイドの手も弾かれたように跳ねあがり、私の耳を塞いだ。驚いてその上に自分の手を重ねてしまった瞬間、塞がれてなお耳を劈《つんざ》く怒声が響き渡った。


パン一切れに、スープ半杯。

いつもの昼食を終えた私に、ジャスミンが頬を膨らませる。

「シャぁーリぃー」

空になった食器を持って立ち上がった私を、妙な猫なで声が呼ぶ。首を傾げて振り返った私の口に大きな塊が詰め込まれた。

思わず閉じた口の中で、甘い塊がぐしゅりとほどける。濃厚な甘さが口の中いっぱいに広がった。咀嚼《そしゃく》して、飲みこむ間に解を見つけ出す。

「…………桃？」

「そそそ。桃。果物なら食べやすくて栄養取りやすいでしょ？」

「……この時期によく手に入りましたね」

「お祭り近いからね、色んなものが入ってきてるし、これなら若い女の子が食べやすいんじゃないかって料理長が」

調理場を振り向くと、いつも無口でしかめっ面の男が深い鍋《なべ》の陰にさっと消えた。老年に差し掛かった男は、いつも何も言わず望まれた量の食事を出してくれていたのだけれど、なんとも思っていなかったわけではないのだと初めて知った。

食器を返しながら小さく頭を下げる。隠れきれなかった白い帽子が揺れているのが見えた。

「旦那様付きになって一か月にもなるのに、シャーリーは頑なにこっちで食べるよな。向こうの飯もうまいのに」

「今日は用事があったから戻ってきたのよ！」

ぐわっと勢いをつけてジャスミンに詰め寄られたサムアは、二歩下がりながら隣にいる少年に耳打ちした。

「……俺、また何か失言した？」

「頑な、辺りがまずかったのかも」

ひそひそと紡がれる会話がこっちまで届いている。

「あ、あの、シャーリーさん、私服ということはどちらかに行かれるんですか？」

この一月で分かったけれど、サムアはどうにも一言多いというか、言葉選びがうまくないらしい。これ以上ジャスミンを怒らせる前にと、ティムは慌てて私に話を振ってきた。

私は、さっきまで着ていたいつものメイド服から私服に着替えている。灰色のワンピース。数少ない私物の一つだ。

「旦那様が町に下りられるとの事ですので、私服に着替えてくるよう申し付かりました」

領主として下りると大事になるし、準備もいろいろかかるから、ちょくちょくお忍びで下りているのだそうだ。だからお供も私服になる。カロンによると、最近忙しくてほとんど下りていないから、そろそろくる頃だと思っていたそうだ。

一枚布を型に沿って切り取り、縫い合わせただけの簡単なワンピース。私が持っている唯一の余所行きなのだけれど、これを見たジャスミンは天を仰いだ。

サムアに詰め寄っていたジャスミンは、苦渋に満ちた顔で握った拳《こぶし》をテーブルに叩《たた》きつけた。

「私の、私の服を貸したかったのにっ……！　お祭りで着ようかなってこの前買った、すっごく可愛い桃色のワンピースを貸したかったのに、サイズがっ……！」

「ああ、お前昨日の菓子三つも食べ、ぶっ！」

「肩の位置が落ちちゃうの！」

「今のは失言か⁉　事実……分かった俺が悪かったから殴るな！　痛い！　大体サイズ合わないなら何か別の物貸してやればいいだろ⁉」

「………あ、ちょ、ちょっと待ってて、シャーリー！　すぐ戻ってくるから！」

「痛い！」

サムアの胸倉を掴《つか》んだまま、急激な方向転換をしたジャスミンは、サムアを放り捨てて駆け出して行った。

すぐということなら、座る必要もない。私は壁際に寄り、身体の前で両手を揃《そろ》えて立った。

食堂内では、いつもの昼時よりも人がまばらだ。ライウスでは一年に一回の大きな祭りが開催されるため、いまは他領から賓客を迎える準備で忙しい。その為、食事をとる時間はいつも以上にバラバラになっている。実際に賓客を迎え始めたら今の比ではないくらいばたばたするだろう。

いつもみたいに混雑していないので席を立つ必要はないのかもしれないけれど、一度立ってしまったし、どうせ長居するつもりもない。

壁には凭《もた》れず、背を伸ばして立っていると、苦笑したティムが近寄ってきた。

「その服も、落ち着いて見えるから素敵ですよね」

「ありがとうございます」

ティムは私と同じく若輩者でありながら、面倒な仕事でも笑顔で率先して引き受け、よく働き、とても人当たりが良い。まだ少年の色が強く残る甘く優しげな顔も、好かれる要因の一つだろう。女性の扱いにも長《た》けているようで、今のようにさらりと褒めることすら様になる。

隣に立った同じくらいの身長のティムは、少し頭を傾けて私を覗《のぞ》きこんだ。

「シャーリーさん、最近少し顔色がいいねって皆さん言ってますよ」

「……皆さんが、よくしてくださいますから」

そう言えば、ティムはぷっと笑った。一応手を当てて小さな笑いを隠してはいるけれど、形だけだと分かる。あえて濁した対象を見透かされたのだろう。次に彼が口に出したのは、私が濁した人だった。

「旦那《だんな》様が最近のおやつに出していらっしゃる指示、ご存じです？」

「……いいえ」

「一口で食べられて、持ち運びができるもの、ですよ」

初耳だ。

道理でぽんぽん放り込んでくるわけだ。カイドは忙しいから、片手で食べられるものを好んでいるのだと思いきや、まさか私の口に放り込みやすいからだったとは。

これからは、話すときは口元を覆ったほうがいいかもしれない。指で唇を押さえた私に苦笑して、ティムは「あーあ」と両手を頭の後ろに当てる。袖《そで》が少し下がり、手袋との間に隙間ができた。手首に黒子があるのが見えて、なんとなく眺める。

「旦那様のおやついいなぁ。俺も食べてみたかったなぁ」

次は俺の番だと思ってたのになぁと残念がる姿を無言で見つめる。私もそう思っていた。

話を聞くに、慣れてきた人はあっちで一度働くという。だからきっと選別だろうと、当たりをつけている。いくら同じ面子で囲んでいても、人は必ず入れ替わる。その時が来たら滞りなく次の人が入れるよう、今の段階から少しずつ様子を見ているのだろう。

三か月も前に入った彼ではなく、入ってそれこそ十日もなかった私が選ばれたのは、悪目立ちしすぎていたのだろう。だから、これに意味などない。

「俺じゃなかったのは残念ですけど、でも、シャーリーさんなら」

片目をぱちりと瞑《つぶ》って、茶目っ気たっぷりに笑うティムに溜息《ためいき》を吐く。それに気づいたティムは苦笑したけれど、話題を変える気はないらしく耳元に唇を寄せて声を潜める。

「お似合いだって皆さん言ってますよ」

「……いくら旦那様がお優しいからといっても、流石に不敬だと皆さんにお伝えください」

「人一倍気にかけていらっしゃいますし」

「私がみっともない姿をしている自覚はあります」

「………旦那様のご結婚は、使用人一同の悲願ですよぉ」

ティムは、わっと顔を覆った。泣きたいのは私のほうだ。

「来年には三十になられるというのに、お見合いも全て断っていらっしゃるし、浮いた噂の一つも立ててくださらないとと、執事長は毎日髪を白くさせてるんですっ！」

十五歳の執事見習いにまで悲痛に嘆かれるのはどうなんだろう。

私はもう一つ溜息を吐いた。その溜息を聞いて、ティムは悲しそうに肩を落とす。

「シャーリーさんにとってもいいお話だと思いますよ？　旦那様、お嫌いじゃないんでしょう？　玉《たま》の輿《こし》ですよ！　使用人一同も味方です！　正直、メイド長が一番の要だと思いますが、幸いにもシャーリーさんを気に入ってるみたいですし！」

「旦那様はとても魅力的な方ですから、旦那様ご本人がその気になればすぐにお相手は見つかります。旦那様を焚《た》きつけるべきです。そうすれば、きっとすぐにでも然るべきご身分のお嬢様をお迎えできます。そうしてライウスの安寧を更に盤石のものとして頂けるのなら、私はその為に惜しむものなどありません」

一歩下がり、指先を揃えたまま礼をする。

「おい、ティム」

それまで黙って打ち付けた場所を擦《さす》っていたサムアが口を開いた。

「焚きつけるのはいいけど、押し付けるのは違うだろ」

ティムはしょんぼりと肩を落として口を噤《つぐ》んだ。引き際を見極められるのも、彼が好かれる理由の一つだろう。でも、焚きつけるのも全然よくないと気づいてほしい。

ティムはすみませんと寂しそうに笑った。

「ライウス、お好きなんですね」

「生まれた地ですから」

「それなのに、十六になったらここからいなくなっちゃうんですか？　ここはライウスの為に何かできる最たる場所なのに」

「………………短い分、精一杯務めさせて頂きます」

本当は、院長先生に少しだけ感謝している。

生まれ育った二度の故郷であるこの地の為に、何かできることを。どんな些細《ささい》なことであれ、ライウスの為に働く彼らの手助けができることを。前の生では役に立つどころか害にしかならなかったから、余計に。

一年という短い期間で贖《あがな》い切れるわけもないし、余生は全てライウスの未来を祈り続ける為に使うつもりだけれど、きっとそれでも足りない。一度損なわせたものはもう二度と帰ってこない。

常に死を吊《つ》り下《さ》げていたと言われるあの時代に失われた物を知る度に、そう思う。

土地が、店が、人が、ライウスが滅んでいった。あの時代に富んだ者は、きっと、一度の死では足りないほどの業を背負っている。

二度目の生を与えるならば、あの時代に理不尽に殺されていった人々に返してあげてほしかった。それだけで、今なお喪失感に嘆く人々の救いとなっただろう。彼らなら、何を贖いとすればいいかも分からず、無為に生きたりしなかったはずだ。嘆く人々にとっての救いとなり、希望となり、光となっただろう。

それなのに、どうして断罪によって死んだ私だったのだ。誰かの不幸にしかなれなかった私は、この二度目の生をどう使うべきなのだろう。どう使えば、家族の分もライウスに贖えるのか。どう使うべきなのか、どう使ってはならないのか。答えがあるかすら分からない問いは、ずっと、頭と胸の中をぐるぐる回っていた。

ため息をついた私の耳に、ぱたぱたと足音が聞こえてくる。振り向けば、息を切らせて少し顔を赤らめたジャスミンがいた。

「シャーリー、これ見て！」

両手で持っているのは、青い飾りのついた首飾りだ。目の前にずぃっと差し出されたそれを見つめる。よく見たら、小さな花が一つになっていた。

「ヒヤシンス？」

「そう、可愛くってつい一緒に買っちゃったけど、よく考えたらワンピースと合わないなって、引きだしにしまってたの。シャーリーにあげる」

「私は」

「余計なお世話だって思うけど、やっぱり年頃の乙女としては、お洒落《しゃれ》の一つも嗜《たしな》まなくっちゃ……ふふ、シャーリー、髪をいつも纏《まと》めてるから首飾りつけやすい」

そう言うと、首の後ろに手を回してさっさとつけてしまった。灰色一色だった私に、青がぽつりとぶら下がる。その青をつんっとつついて、ジャスミンは上から下まで眺めていく。

「本当は白だったら色も合ったんだけど、私、白いのこの前引きちぎっちゃったんだよね……」

そういえば、指を引っかけて鎖が切れてしまったという首飾りには、白い花がついていた。悲鳴を上げたジャスミンに代わって拾い上げたから、よく覚えている。

私も、昔何度かやってしまったことがあった。鎖が細ければ細いほど、気づいた時にはもう遅く、ぶちりと切ってしまうのだ。今はもう縁のなくなった感触を思い出して、なんとなく指を見る。

その手を、ジャスミンは両手で取った。

「あのね、一緒の部屋になれた縁でも、お近づきの品でも、理由は何でもいいから、シャーリーにもらってほしいな……本当はね、シャーリーの瞳《ひとみ》の色とおんなじだなって思ったら、つい買っちゃったの。ごめんね、私、シャーリーの好きな色分かんなくて、勝手にそれにしちゃったけど、できれば今度は私とも町に行ってほしいな。それで、好きな色とか……色だけじゃなくて、好きなものなんでも教えて！」

「ジャスミンさん」

「ジャスミンでいいっていつも言ってるの、に？　……シャーリー、お肌綺麗《きれい》になってる。え？　旦那様のお菓子？　お菓子なの!?　何が入ってるか聞いてきてくれない!?」

握っていた手よりも近づいてきた顔と、くるりと回った話題に瞬《まばた》きする。少し仰《の》け反って、必死に記憶を辿《たど》っていく。心当たりがあるとすれば一つだけだ。

「………お茶じゃ、ないかな、と」

「お茶のお菓子!?　やだ、身体に良さそう！」

「いえ、混ぜ物ではなくて」

「お茶単体のお菓子？」

「固形ではなく液体状態の……」

液体状も何も、お茶は液体が基本だ。説明しようとして余計にややこしくしてしまっていたことに気づいて、少し考える。簡単に、分かりやすく。

「普通に飲む茶だ。あれはそんな効能もあったのか？　だったら売り上げは心配しなくていいな。ちょっと調べさせるか……」

後ろから聞こえてきた声に、全員が飛びあがって振り向いた。

「旦那様!?」

何故か窓から手招きしているカイドに、サムアが慌てて駆け寄る。

私は、カイドをじっと見つめてその場から動けない。髪の色が、違う。格好も、まるで下位の貴族のようだ。普段も豪勢な意匠の服を着ているわけではないけれど、それよりももっと町民に近い。

カイドは、まるでヘルトのような茶色の髪を太陽に透かせて、慌てるサムアに片手を上げた。

「御用でしたらこちらから向かいましたのに！」

「イザドルを撒《ま》いてきた。悪いが表に用意してくれた馬は片づけておいてくれ。裏門から出る」

「はい？」

「たぶんこっちまで探しに来ると思うが、知らないふりをしてくれな。シャーリー、行こうか」

呼ばれて、ジャスミンと繋《つな》いでいた手を離す。繋いでいたというより摑《つか》まれていただけど、まあ、どちらでもいいだろう。

その動作で、胸元の青い花が揺れる。お互いの視線がそれに重なった。そして、ちらりと窺《うかが》うような視線を受けて、少し、考える。首を滑る鎖の感触がくすぐったい。もうずいぶんと懐かしい感触だ。

「…………ありがとう」

「う、ん……うん！　ありがとう！」

贈り物をくれたのはジャスミンなのに、ぱっと花が咲いたように笑って、もう一度手が取られた。その手を軸に、ジャスミンがぴょんぴょん跳ねる。跳ねたと思ったら、くるりと視界が反転して、背を押された。

「いっぱい楽しんできてね！」

町に行く私より余程楽しそうでうきうきしているジャスミンに、窓に肘《ひじ》をついていたカイドが苦笑する。

「一応仕事だからな？」

「それでも掃除やお部屋を整えるよりよっぽど楽しいじゃないですか！」

「まあ、そうだな」

背中を押されてたたらを踏む。窓に突っ込みそうになった私の手を取り、カイドがまた苦笑した。

……窓から出る流れかな。足を上げるなら、カイドは向こうを向いていてもらえないだろうか。流石にこっちを向かれているとやりづらい。

領主に他所を向いてもらうよう頼むのは失礼だろうか。けれどこのままだと別の意味で失礼なことをしでかしてしまう。

どうしようかと悩んでいると、カイドが高い身長を利用して身を乗り出してきた。

「昼食は食べたか？」

「はい」

「たくさん食べたか？」

「……いつも通り頂きました」

カイドは苦笑した。

彼はよくこの表情をする。彼だけでなく、他の人も。きっと、そうさせるような態度を私が取っているのだろう。

「お前、嘘《うそ》はつかないよな」

苦笑と共に伸ばされた手が私の膝《ひざ》裏を抱え込む。驚いて屈んだカイドの頭にしがみつく。くしゃりと乱れた髪は、昔触れたそれより少し硬くなっていた。十四の子どもの髪とは比べ物にならないのに、何故かひどく指に馴染《なじ》む。昔抱えたこの温もりだけはどうしてだか変わっていなくて、動き始めてしまった感情が痛みを齎《もたら》す。

そのまま私を抱え上げて窓を越えさせたカイドの頭を抱え、その耳の側で呟《つぶや》く。

「……もう、嘘は充分です」

私を下ろそうと再び屈んだカイドの動きが止まる。中途半端に抱きこまれたまま、その肩に手を置いて自分の力で抜け出す。地面に立ち、肩から手を離した。金色がその手を追って動いていく。ゆっくりと追ってきた視線の中で、人差し指と中指を握り締める。

歪《ゆが》みを自覚しながら口角を吊り上げた。長く動かさなかった顔の筋肉が強張っているだけじゃない。色んなものがない交ぜになった歪《いびつ》を自覚しながら、隠さなかった。

ジャスミン達に背を向けていてよかったと、心から安堵《あんど》する。こんな顔、あの時代を知らない子ども達が見るべきじゃない。これは、子ども達が知るべきではない歪みそのものだ。

「ありがとうございました」

「な、に？」

「窓を、越えさせてくださって」

目元と口元を歪ませた私を、呆然《ぼうぜん》と見つめるカイドから見て左に掌を向ける。その先にあるのは厩《うまや》だ。

「参りましょう。町に、行かれるのでしょう？」

旦那様《だんな》。

正しくそう呼んだはずの彼は、酷く奇妙な顔で私を見ていた。

だから私は、歪を深めて。

わらった。


お互い会話なく辿りついた厩が見えてくる。しかし、私の前を歩いていた背がぴたりと止まる。足元ばかりを見ていたので、すぐに気づかなかった。ぶつかりかけ、慌てて横にずれたことでその先が見えて理由が分かった。

厩の入口に凭《もた》れた青年がいる。柔らかな金髪を風に揺らし、上げた片手をひらりと振ったイザドルは、カイドのように下位貴族の普段着のような服を軽く着崩していた。

「馬車で行くと言っただろうが」

「雨でもないのに、お忍びに馬車を使う可愛らしい性格だったなんて知らなかったよ」

舌打ちしたカイドに、イザドルは飄々《ひょうひょう》と笑う。

「お前、ついてくるなら手伝わせるぞ」

「荷運びなら勘弁しておくれよ。俺、女性より重いものを持ったことがないんだ」

「じゃあ、大抵の物は持てるな」

「…………お前、それ言ったら刺されるぞ」

ちらりと私に向けられた視線を辿ったカイドは、馬につけようとしていた鞍《くら》を数度上下させて少し考えた。

「シャーリーは鞍よりは重いぞ、安心しろ」

「そこは羽のように軽いね一択だろ。何真面目に検討してるんだ」

「羽のように軽かったら餓死寸前だろ。食料の支援と医師団の派遣を急げ」

「……世の中には比喩《ひゆ》という、詩的な表現が許されていてだね？」

ライウスと、将来ギミーを背負うであろう二人の男。

その二人の会話を、姿勢を正したまま見つめる。何度瞬きしても、かつてのこの地に存在した茶髪と、かつてのこの地に訪れたことのある金髪の、幼い少年二人がじゃれ合っているようにしか見えなかった。


ライウスは、過去の一度も占領を受けたことはない。

けれど、一年で一番大々的に行われる祭りの名は『解放祭』。前領主の館が落ちた日ではない。

それから数日後。一族最後の血が絶えた日。

私が死んだ日が、ライウスの悪夢が終わった日であり、ライウス最大の祝福の日だ。

まだ祭りまで二週間はあるというのに、町中既に祭りの最中と言わんばかりに飾り付けられ、各地から集まった人々で溢《あふ》れ返っている。

大通りには大きな柱が幾本も立てられ、柱同士を紙花が繋げ、広場への道を彩った。誰も彼もが庭に花を植え、鉢も花瓶も総動員で、家も道も町全体が咲き誇る。

大きな広場では、四段ほどの高さで舞台が設立されていた。その壁部分は何かが飾られるのだろう場所がぽっかり空いていた。大きさからしてきっと絵が設置されるのだろうけど、雨が降るかもしれないことを考えたのか、それとも当日までのお楽しみなのか、そこだけ飾りも何もなく真っ白なままだ。

様々なものが設置されては、慌ただしく幕が垂らされていく光景をぼんやり眺める。

大人は勿論《もちろん》、子ども達もいつもとは違う日常に目を輝かせていた。高揚する空気に促されるまま、きゃあきゃあと騒ぎ立てる。同じ甲高さでも、昨日屋敷内で上がった黄色いものとは違い、笑い声もそれを上げた当人達もころころと走り抜けていく無邪気な軽さがあった。

「おれカイド様！」

「えー！　ずるい！　ぼくもカイド様がいい！」

「だめ、はやいもんがち！　おまえは前のりょうしゅ様な！」

子ども達の中でひときわ身体の大きな男の子が棒きれを振り回しながら、カイドを名乗る。残った子ども達から不満が溢れだし、ぶうぶうと文句が響き渡った。僕がカイド様だ、俺もカイド様だ。全員カイドになってしまったやんちゃ盛りの少年達の中に、愛らしい桃色が揺れる。誰かの妹なのだろうか。一番年下の少女は、少年達の間を一所懸命うろちょろしている。

「あたしは？　ねえ、あたしは？　おにーちゃん、あたしは？」

一番小さな手に引かれたのは、最初にカイドを名乗った一番大きな少年だった。彼が彼女の兄だろう。彼は振り回していた棒きれの先を地面に置いて、ぶうたれた。

「えー！　おまえ、おひめさまじゃないと泣くだろ？」

「おしめさまがいい！」

「おひめさまだってば」

少年達は額を寄せて話し合いに入った。さっきまでぶうぶう上がっていた文句は出ず、真剣そのものである。自分達の役所より、とりあえず少女に泣かれるほうが困るようだ。ああでもない、こうでもないと、一所懸命知恵を出し合う。その中にちょこんと交ざった少女は、兄達が導き出す結論を今か今かと目を輝かせて待っていた。

「じゃあ、おじょうさま？」

誰かがぽつりと呟いた役柄に、少女はぴょんっと飛び上がって喜びを表す。

「おぞうさま！」

「おじょうさまだって。でも、おじょうさまって敵？」

「とんでもない悪女だって、父ちゃんが」

「えー、いい人だって母さん言ってたよ」

「俺の父さんも、すっごいやさしい人だったって」

「え、俺のおじさん、すっごい怖い女だぞー、お前達なんて頭からばりばり食べられるぞって」

頭を突き合わせてうんうん唸《うな》っている少年達の足元で、少女は「おぞうさま、おぞうさま」と嬉《うれ》しそうに何度も復唱していた。

「子どもは無邪気だねぇ」

私の横に立つイザドルは、通りすがりの女性に手を振っている。女性はくすくす笑って片手を上げた。他にも無差別に女性に手を振っているから、知り合いではないのだろう。手を振られた女性達も、満更でもなさそうにさらりと手を振って流す人もいれば、真っ赤になって視線を逸らす人、ぱちりと片目を瞑《つぶ》って挨拶《あいさつ》を返す人もいた。あの天使のように愛らしかった少年が、大きくなったものだ。

時の流れを感じながら、私は一歩横にずれた。イザドルに反応を示した女性に限らず、目立つ彼の横にいれば嫌でも視線を集めたからだ。でもすぐに詰められた上に、半歩とはいえさっきよりも距離が縮まってしまったのでもう動かないでいよう。

私達は、広場の片隅に立っている。広場をぐるりと囲むように出店が並び、その少し後ろに回れば、出店で買いこんだ食べ物を持った人々が、座りこんでいたり、壁に凭れていた。祭りがもう少し近くなれば一斉に机と椅子が並ぶのだろうが、今はまだ様々な荷物が雑多に積まれている。こんな状態でも屋台が先に出るのは、彼らの商魂が逞《たくま》しいからか、需要があるからか。

休憩所代わりになっている場所で飲み食いしている人々の中に交ざり込み、カイドの帰りを待つ。カイドは、イザドルがいるならと私を預け、一人で裏道に消えていったのだ。あれからそんなに長い時間は経っていないけれど、この広場では一度も姿を見かけていないのでどこに行ったのかはさっぱり分からない。

「子どもはいいねぇ。彼らの英雄様は、今現在裏道でごろつきの確認中だっていうのにねぇ」

「……ごろつき？」

何か用事があるのだろうとは分かるけれど、用事の内容まで把握できていない私に、イザドルは目尻《めじり》に黒子のある左目を少し細めた。

「そう。解放祭で集まるのは、何も善良な人間ばかりじゃあないからね。あいつを亡き者にしたい奴だって、そりゃあわんさか集まってくるよ。その確認と把握に本人が向かってちゃ世話ないけどね。まあ、あいつをどうにかしたければそれなりの人手がいるし、その人手を集めれば嫌でも目立つから、その前に潰《つぶ》せる。つくづく、敵に回したくない男だよ」

「……報告を、上げてもらうわけには」

「報告もそりゃあ上げさせているだろうけど、自分がやらなきゃいけないと思ってるんだよ。全て、自分が負わなければと思ってる。領主の仕事も、恨みも、怪我も、犠牲も、不平も、不満も、王族殺しの汚名も、ひとつ残らず」

王族殺し。

こんな、天気を告げるようにさらりと口に出していい単語ではない。まして、次期領主ともあろう人が。

私の視線すらもさらりと流し、イザドルは何でもないことのように続けた。指された先にいるのは、さっきの子ども達だ。

「もう十五年も経つのに、未だライウスの宝花が齎す混迷は健在か……あの御方も、罪な方だったな」

すっと流された視線は、領主の屋敷の方向に向いた。ここからは箱型の建物しか見えない。けれど、彼の瞳《ひとみ》にはかつてあの場所にあった白亜の建物が映っているように思えた。

広場を走り抜けた風が出店の屋根を揺らし、紙くずを飛ばし、子どもの手から花を奪う。風の通り道に巻き込まれた面々が思わず目を瞑る。湿り気を帯びた強い風は、雨の気配を濃密に含んでいる。嵐にならなければいいけれどと、雲の色を確認する。

イザドルは、髪が乱れないよう片手で押さえて微かに目を細めた。

「君のように若い世代はもう知らないかな。かつてのライウスには、宝花と呼ばれた姫がいたんだよ」

「…………ライウスの徒花《あだばな》ですね」

「おや、その呼び名を知っていたか。そう。彼女がなかなかに曲者で。未だに、殺すべきではなかったと言う層と、殺して正解だと言う層がいがみ合う。とてもお美しい方だったから余計にね。無垢《むく》だったという者と、無知も罪だという者と、稀代《きたい》の悪女だったと言う者と、誰よりもごちゃまぜな逸話が残る御方だよ。だからこそ、あの時、生かしてはならなかった。カイドは正しかったよ。生かしてしまえば必ずどこかで誰かが持ち上げる。万人に利益を齎す政策など存在しない以上、どこかで不満は出る。掲げられる存在が残っていては、あの頃のライウスは保たなかっただろうね。

民衆は勝手なものだから、過去の痛みはいつか忘れてしまうんだ。痛みも傷も癒えれば、次は目先の不満が痛い痛いと騒ぎ立てる。そのくせ、傷痕《きずあと》を見れば過去の傷も痛むと吼《ほ》える。あっちも痛い、こっちも痛い。全部の痛みが解消されれば、今度は他人の傷が痛いと上を殴る。文句を言える先があるというのは楽なものだよね。羨《うらや》ましいよ。文句を言う先の痛みには無頓着《むとんちゃく》なんだから尚更ね。貴族は下々の者を人とは思っていないなんて忌々しげに言うくせに、彼らこそ貴族を人とは思っていないんだ。痛みなんてないと、自分達と同じことで傷ついたり悲しんだりしないと思ってるから質《たち》が悪いよね。弱いって、それだけで充分特権だよ。あれこそが特権階級だ。責任も選択も負わなくていいのに、結果を背負うことにすら不満を持つ。弱音を吐けて、他者にぶつけることを許されている。羨ましいことだよ。彼らがすると文句と呼ばれ、俺達がすると、虐げると糾弾されるんだから。自分で振り抜いた拳《こぶし》が痛いと、殴られたこっちに責任と金を要求し、それが通る。これこそが差別だよねぇ」

「……掲げられるものがあると人は集ってしまいますから、旦那《だんな》様のご判断は正しいと私も思います」

「おっと、ごめんよ。話が逸れたね。それに、君は賢い子だ。さすが、地方の学校とはいえ常に首位を保っていただけのことはある」

何でもないことのように告げられた内容に驚きはしない。彼らのように地位ある人間は、相手のことを調べず近寄るわけがないのだ。まして、こんな危ない話題を選ぶ相手を知らないはずがない。会ったことがなくても知っている。話したことも、文を交わしたこともないのに、何気ない会話を楽しむ相手よりもっと沢山の情報を知っているのだ。

じっと見上げると、イザドルは今度こそ片眉《まゆ》を上げて、おやっという顔をした。

「驚きもしないか。これは肝も据わっているかな。そうだね、俺は君のことを知っている。恐らく、君よりも。シャーリー・ヒンス。十五年前の雨の日、布にくるまれ道端の石の上に放置されていたところを保護。その後、カーイナの養護院で育てられる。学業は常に優秀、運動は少し苦手かな？優秀故に養子の申し出は多かったけれど、君はどれも蹴《け》ってしまったね。この町の貴族どころか、王都に居を構える貴族からの申し出もあったようなのに、勿体《もったい》ないことをしたのではないのかい？」

「修道女になる娘を養子にしたところでお返しできるものは何もございません。私を養子にして、勿体ないことになるのは皆様の方です」

「凄《すご》いね。六歳のとき書かされた作文『将来の夢』と一貫して目標が変わらないっていうのは、本当に凄いよ。子どもとは思えないほどよく書けていたのに、賞に選ばれなかったのは内容が全く夢に溢れていなかったからだろうね。じゃあ、カーイナの村長が自分の息子と君を結婚させたがっていたっていうのは知っているかな。どうやら彼の息子はあまり賢くはないらしいから、賢い女性にうまく手綱を取っていてもらいたいようだね。だから、養護院の院長は君をここに送り出したんだ」

きっと私は少し眉を顰《ひそ》めているのだろう。イザドルが今度こそしてやったりと言わんばかりに楽しそうに笑った。

道理で院長先生が必死になっていたわけだ。修道女になるのを止めようとしているだけが理由ではなかったらしい。ここで働くことが決まるや否や、詳細を聞く暇もなくまるで夜逃げのように追い立てられたので、修道女になれなかったらすぐにでも死にそうな顔をしていたのかと思っていた。

村長の息子……確か、鷲鼻《わしばな》のちょっと乱暴者の少年だった。泥団子を投げつけてきたり、スカートを捲《まく》られたり、髪を引っ張られたりした記憶がある。私だけではなく、男女問わず一通りの子ども達が同様の目に遭っている。体格に恵まれていたので、元気が有り余っている感じを受けた。その元気で養護院の屋根を直したりもしていたので悪い子ではなかった気がするけれど、屋根を壊したのも彼なのでいい子でもなかったように思う。

だが今は、生まれ育った村の村長の息子も、受けるはずもない彼との婚約話もどうでもいい。

「………私をお調べになって、何かございましたか」

「いいや？　何もないことがおかしな程に、何も。けれど、調べたのは俺だけではないさ。君を雇い入れる際にカイドが調べただろう。そして今や、ダリヒやワイファーのみならず、きっと王までもが君を調べているだろうね。何せ、十五年間誰も傍に置かなかったライウス領主が、一人の娘を気にかけているんだからね」

人差し指と中指を握りこみ、元から正していた背に力を籠《こ》める。

貴族の娘は、俯《うつむ》きたくなったときほど顔を上げるべき生き物だと私に教えたのは母だった。それなのに、顔を上げられない。今の私は貴族の娘ではないけれど、あの頃の私であっても、俯く自身を堪えられなかっただろう。

「ライウスは大きすぎる。だから十五年前も、誰も手を出せなかった。王に至っては手を出さなかった。ここは、かつて武功を立てた将軍と降嫁された姫の血が受け継がれた地だ。前領主は元を辿《たど》れば王族になる。だから、他領は手出しできなかった。王族の血を持つ者に他領が手を出せば、王に叛意《はんい》ありとの口実を与える。だから、ライウス領を解体するつもりだった。だから、手を出さなかったんだ。ライウスは力を持ち過ぎた。ダリヒに至っては、解体された後に下げ渡されると分かっていたから、前領主の行いを助長させさえした」

そう、だから私達だけの楽園が出来上がってしまったのだ。どこかで止められることなく、着々と出来上がった楽園は、ライウスから養分を搾り取りながら成長した。

かつて想いを叶《かな》えたお姫様。愛した人と添い遂げたあなたの血が、あなたが愛したこの地の枷《かせ》となってしまいました。あなたの子孫である私達が、枷としてしまいました。

彼女の血が、この地の毒となったのだ。

「もうライウスは終わるはずだった。他領が手を出せない以上、ライウスの領主を討ち取れるのは、討ち取る叛意を許されるのは、ライウスの領民しかいなかったけれど、最早誰もが手を出せない状況にまで追い込まれていた。だからまさか、随分昔に地方に飛ばされた弱小貴族が這《は》いあがるなんて誰も思わなかった。まして、流行《はや》り病で一族諸共死に絶えた、齢十四の子どもが領主を食い破るなんて、誰が思うだろうね。だけどカイドはやりきった。既に一族は死に絶えたとはいえ、ばれれば彼に従った全ての者とその家族のみならず、下手すると関わった村や町、通っただけの集落すらも焼き払われる危険に曝《さら》されながら、よくやったよ。彼が最後の反逆者だった。彼を逃せばもう誰が立っても間に合わず、また、彼が死ねばもう誰も立てなかっただろう。民衆の心を徹底的に折る見せしめは、苛烈《かれつ》であればあるほどいい。カイドはそれを知っていた。絶対に、失敗するわけにはいかなかったんだ」

「…………はい」

「今でもよく覚えているよ。俺と四つしか違わないのに、もう完全に大人の顔をしていた。領民の命とライウスと王族殺し。まだ薄かった肩に全部背負って、あいつは領主になった。……俺の父はね、あいつを哀れだと言った。ライウスの民が奪われた物を取り返す為に汚したあいつの手には、何も帰ってこないのにって。そう言って、後ろ盾になったよ。元々ギミーはそんなに大きくはないライウスを割られて与えられたところで、持ちきれなかった。持て余すのが目に見えていたから、ライウスに崩壊されては困ったんだよ」

身体はどんどん冷え切っていくのに、頭の中では熱がぐるぐると渦を巻く。

もう、犯した罪が重すぎて、きっと地獄にすらいけやしない。だから私はここにいるのだろう。ああせめて、両親達は地獄にいってほしい。贖《あがな》えない罪はすべて私が持って巡るから、だからどうか、地獄で償い、贖い。どうかいつか、ご先祖様の許《もと》に逝ってほしい。

私達の前で、両親に手を繋《つな》がれて足を浮かせた子どもが笑う。肩を組んだ少年が駆け抜け、頰を赤らめた男女が繋いだ手を一度解き、指を絡め直す。目を合わせて恥ずかしそうに、けれどにこりと笑う様子が、酷く眩《まぶ》しかった。

「あいつが結婚しないのは、世襲させない為だよ。世襲の結果がかつてのライウスだからと、次は襲名制にしたいんだって。……それを口実に、ずっと一人で生きる気なんだよ。何も持っていないくせに失い続ける気なんだ。あいつを友と呼ぶ俺の前で平然と。まったく、酷い話さ」

天を眺めたイザドルとは逆に、私は地を見つめた。

「ライウスは彼から奪い、何も与えず、返しもしない。けれど彼はこれからもずっと領主として生きるつもりだ。そりゃあ、賢領主だろうさ。カイドはライウスの従順なる奴隷だ。カイドとして得るものが何もないと分かっているのに、望みもせずに朽ちていくつもりなのだから。領主は人に在らざる者。それが条件だというのなら、随分な話だ」

二本の指を圧《へ》し折らんばかりに握りしめ、唇を噛《か》み締《し》める。

「…………それを私に話して、何をせよと仰《おつしや》るのですか」

俯く私の足元に影が落ちる。イザドルが私を見ているのが分かった。顔を上げるべきなのに、私の視線は綺麗《きれい》に敷き詰められた石畳から離れない。かつて、この道を裸足で歩いた。今は綺麗に敷き詰められ均《なら》されているけれど、私が歩いた道は、石が浮き、欠け、穴の空いた汚れた道だった。欠けた道で脱げた靴を置き去りに、死への道を歩いた。

「君が徹底的に調べられている理由を教えてあげよう。君が、カイドを乱したからだよ。十五年間何にも揺るがなかったカイドを揺るがせた。町にメイドと下りるなんて初めて聞いたよ」

「…………今まで幾度もあったことです。お調べが、足りないのでは？」

「部下も数人、メイドも数人でならね。二人で下りたのは初めてだよ。この目で見て、驚いた。色呆《ぼ》けでもしてくれていたのならまだましだったのに、どうやらそうでもないらしい。さて、それなら君はいったい何だろう。俺も不思議でならないんだ。あのカイドをどうやって揺るがせた？　これより以前に君達が接触するような機会はなかったはずだ。君はカーイナから出たのはこれが初めてだし、カイドもあんな田舎に用もなく出向くほど暇じゃあない。じゃあ、このひと月で？　いくら運命の相手だとしても早すぎだろう。一目惚《ひとめぼ》れにしたってもう少し手間暇かけてもらわないと、信憑性《しんぴょうせい》がない。君の魅力で落としたっていうのも、申し訳ないけれど同じくらい信じられない。仮に君が物凄《ものすご》くカイドの好みだったとしても、それなら余計、彼は君を近づけないはずだ。じゃあ、君は何だろう。君の何がカイドを揺るがせた？　たったひと月、されどひと月。それが通用するのはあの堅物以外の話だよ。あいつが相手なら、一年かけたって驚きはしないくらいだからね」

折れても構わないと握りしめた指を頼りに、顔を上げる。イザドルは思ったより近い位置にいた。目尻《めじり》の黒子が見える。逆光になったその顔の中で、吊《つ》り上った口角だけがやけにはっきりと見えた。

「君達に会う前に、馴染の使用人を摑《つか》まえて聞いてみたけれど、これといって何があった訳でもないようだ。それこそ奇妙な話だね。君は他のメイドと同じ仕事をしているだけだ。むしろカイドから距離を取っているとさえ言われていた。それなのに、何がカイドを引きつけた？」

探っている。私を見極めようとしているにしては、やけに鋭い。彼が内情を知りたいのは事実だろうに、問い詰められているというより嬲《なぶ》られているようにさえ感じるのは私が卑屈だからだろうか。

「そのような事実はございませんので、お答え致しかねます」

「いいや、違うね。当人達は気づかないものなのかな……。会ってみて、確信したよ。幾らカイドでも仕事を終えた屋敷内で、それも俺という来客を前にして、たかだか酒が届くのが遅いという理由だけで自ら向かったりするものか。用事が遅いと怒鳴りつける性格でもないしね。それに、あれほど視線を向けていながらよく言う。君はカイドの背を、カイドは君の背を、常に追い続けているくせに、何もないじゃあ通用しない。悪いけど、これはカイドに伝えさせてもらうよ。他の領が来る前に直してもらわないとばればれだからね」

指摘されて初めて自覚する。そんなに見ていただろうか。……見ていた、かも、しれない。

唇を噛み締める。いっそ食い破って血が流れ出てくれたらいいのに、震える口元ではそんな力すら籠められなかった。

一つに結ばれた黒髪が揺れる様を、太陽より柔らかく揺れる金色を、随分伸びた背を、かつて小川で絡めた足を、かつて繋いだあの手を。

きっと、見ていた。かつて愛したあの人を、初めて恋したあの人を。見ていた。きっと。見ていた。ずっと。ずっと、見ていた。

今も、昔も、ずっと見てきた。

だって、あなたを愛していたのだから。

「君は、何なのだろう。カイドの何に成り得る娘なんだい?」

「……存じ、あげません」

「君は、俺の友を呪縛から解放出来得る娘かな？」

「存じあげません」

にこりと笑ったイザドルの長い指が、私の顎《あご》をがしりと摑む。無理やり上げられた顔を痛みで僅《わず》かに歪《ゆが》め、近づいてきた顔を見上げる。

「解放はできなくても責めはしない。領主ではなく、カイドとして生きる望みを得る兆しに成り得れば上等。けれど、傷になることだけは許さないよ。これ以上、あいつに背負わせることは俺が許さん。ただの憧《あこが》れならば今すぐ去れ。最後まで関わる覚悟がないのなら、傷を与える前に身を引け。あいつなら傷がつかんとでも思っているのか。……何が狼領主だ。お前達はそれを強さの象徴として呼んでいるつもりだろうが、狼は群れで生きる生き物だ。それを一人で立たせ、重荷だけは積み上げるか。あいつを人の群れから追い出しておきながら、それに縋《すが》る害虫共め」

吐き捨てる声音に滲《にじ》み出《で》た嫌悪に、分かってしまう。

「イザドル様は、領民が……いえ、平民が、お嫌いですか？」

ライウスのことだけを言っているのでは、きっとない。

女性が好むであろう甘い顔が一変する。口調だけでなく形相までもがぎらつき、まるで刃物のようだ。

「好きだと思うたか？　ただ弱いのは致し方ない。己ではどうしようもない部分の弱さまで責めはせん。だが、弱さを槍《やり》にし、こちらの生まれを責める輩をどうして好ましく思える？　弱者は罪ではなかろうさ。だが、強者は罪か？　強者ならば奪われるをよしとせねば罪なのか？　自らの強さを他者の為に使わねば罪か？　己の力を己の為に使えば傲慢《ごうまん》か？　俺の友を生贄《いけにえ》にして救われていく様を祝い、喜び合う様を見て微笑ましく思えというか？　それを貴族の務めと呼び、個の人生を踏み台に生きておきながら、それは犠牲と呼ばぬのか。俺はカイドのように優しい人間ではないからな。それほど寛容にはなれんよ」

笑みと呼ぶにはあまりに壮絶な表情だ。彼のように平民を嫌う貴族を見たのは初めてではなかった。だから、恐ろしくはない。ただ、苦しい。

彼らは平民を嫌う。蔑《さげす》むのではない。嫌うのだ。

生まれた時から決められた、人の上に立つ職に就く。うまくやれなければその先には死が待つかもしれない。私の家族のように悪行の限りを尽くさずとも、それがただ時代の流れ故のことであったとしても、その時代、その瞬間、領民に許されなければ罪なのだ。無知も、無能も、無力も、貴族であるだけで罪となる。

更迭で済めばいいほうだ。追放で済めばまだいい。島流しでも、命はある。私達のように処刑された人もいた。私達は真っ当な裁きが下っただけだけれど、中には優しい人もいた。正しい人も、普通の人も。地位を悪用せず、金を奪わず、土地を奪わず、女を犯さず、人を潰《つぶ》さず。そんな、普通の、善良な人も、いた。功績を残せる人ではなかっただろう。偉業を成し遂げられる人でもなかっただろう。力及ばなかった。先を見通せなかった。飢饉《ききん》を越えられなかった。降らない雨に耐え切れなかった。流行病を抑えられなかった。暴れ回る盗賊団を捕えられなかった。他領のように富めることができなかった。

悪では無かった。

ただ、優でも無かっただけだ。

貴族にさえ生まれなければ、人の上に立つ場所にさえ生まれなければ。ささやかな日々を幸福に思い。小さな家族の営みくらいは守っていけただろう人々。きっと、普通の、優しい父親になったであろう、領主としては無能な人々。

向いていなかった。ただそれだけが許されない。

できなかった。知らなかった。それが死に直結する。領民にも、自分にも。

いつか自分を殺すかもしれない人々を守り、身を削る。

それが、領主だ。


「領民は領主を選べるが、領主は領民を選べない。これほど不公平な制度もあるまいよ」

「それだけが世界では、ないはずです。強者も弱者も、互いが搾取しない場所もあると」

「はて、俺は知らぬな。そんな理想の世界は願いの中にしかなかろうよ。そんなことはカイドも分かっている。分かっていて、あいつは領主であり続けるんだ。そうとあいつが決めたなら支えてやるが友であろう。だが、邪魔者は見過ごせぬ」

顎を押さえる指が、骨にめり込まんばかりに強くなる。

「お前はどちらだ？　強者同士で食い合うならばまだよい。だが、弱者としてあいつの枷になるのなら今すぐ去《い》ぬることだな」

近づいた瞳《ひとみ》を見つめ返す。そこには憎悪が渦巻いている。平民が嫌いだなどという質問は生ぬるかった。彼は憎悪している。不平等を憎んでいる。

けれど、それだけではない。案じている。友を、友の行く先を。カイドの幸福を。あの頃から変わらず、彼はカイドを案じていた。

顎を摑む手に触れる。

「あなたはずっとカイドと……ヘルトと、変わらず仲がいいのね」

重ねられた手に、不快気に歪められていた瞳が見開かれた。

「ごめんなさい、イザドル様。あなたの大切な友達を、私は取り返しがつかないほど傷つけてしまったわ。あなたの仰る通り、私は足枷《あしかせ》そのものよ」

イザドルの手が、私の手の中で力を無くし、ずるりと落ちていく。まるで、突然力を籠《こ》める術《すべ》を忘れてしまったかのように。

「な、に？」

落ちていく手を両手で握る。

「少しだけ、待ってくれるかしら。……きっと、カイドだって分かっているの。分かっていて、お互い、探しているの。言葉と……二度目の終わり方を」

昔一度だけ、彼とこうやって手を握ったことがあった。平民を嫌ってなどおらず、父上のように立派な領主になるのだと夢いっぱいに輝かせた瞳で見上げてくれた。

いつから変わってしまったのか。十五年は長い。誰にとっても、長かった。けれど過去は変わらない。何が変わろうと、何が失せようと、決して。

その変わらない過去。あの時には、もう一人いた。

「…………お前達、何をやっているんだ？」

そう、あなたがいた。


驚きと呆《あき》れが混ざった顔でカイドが立っている。中途半端に浮いている手のやり場に困ったらしく、私達が見ている前で少し彷徨《さまよ》わせた後、結局組むことで落ち着けたらしい。腕を組んで立っている長身の男の姿は、通行人から見ればただの仁王立ちだ。自然と人が避けていく。中には向かいに立っている私達に憐《あわ》れみが籠《こも》った視線をくれる人もいた。

私はイザドルから手を離し、カイドに向き直る。そして、深々と礼を取った。

「おかえりなさいませ、旦那《だんな》様」

「ああ、戻ったが……」

「ご首尾の程は如何でしたでしょうか」

「……イザドルが喋《しゃべ》ったな？　思ったより増えていない。祭りが近いことを考えれば少ないほうだろう。絡んできたのは落として警邏《けいら》に渡してきた、が、それはいいとして……本当に何をやってたんだ？」

私とイザドル、交互に向けられた視線だったのに、イザドルも私を見るものだから、カイドの視線もこっちに固定されてしまった。

人差し指と中指を握りしめ、少し考える。

「旦那様が如何に素晴らしい御方かを拝聴致しておりました」

「おいイザドル、何吹きこんだ」

鋭くなった視線を向けられたイザドルは口籠《ごも》った。何度も私とカイドを往復していた視線が、結局また私に収まる。黙って見上げていれば、狼狽《うろた》えたように瞳が揺れた。

「い、や……」

「シャーリー、こいつの言い分は聞き流すぐらいがちょうどいいぞ。あることないこと混ざり合ってるからな」

「嘘《うそ》は、言っていないよ」

視線だけは私に向けたまま、なんとか言葉を絞り出したイザドルにカイドは怪訝《けげん》な顔をした。そして、私のほうを見る。

「私も、嘘はついておりません」

「ああ、いや、それは疑っていないが」

それでもまだ納得がいかない様子で私達を交互に見遣るカイドの前に、一歩踏み出す。驚いた顔で見下ろす人を見上げ、笑う。今度は、歪《いびつ》な引き攣《つ》りは感じなかった。

「嘘はもう、充分なんです」

今度こそ、ちゃんと微笑めただろうか。

言葉を失ったカイドの返答を待たず、続ける。

「昔、酷い嘘をつきました」

「………つかれたではなく、ついた?」

私がライウスの為にできることは、きっと何もない。

けれど、ライウスを守るこの人の為にできることは、ある。

私達が己の為だけに壊したこの地を救い、守り続ける。私達の後始末の為だけに生きさせてしまったこの人の為にできることは、きっと私の中にある。

私が無理やり持たせた重石を、返してもらわなければならない。

「私、嘘つきなんです」

礼の体勢のまま頭を下げ、それきり会話を打ち切った。何か言おうとした気配が二人分あったけれど、無礼を承知で頭を下げ続ける。

お願い、もう少しだけ待って。

私は、あなたの過ちをあなたに告げる。そして、私の嘘をあなたに詫《わ》びなければならない。謝るわ。必ず、謝るから。その為の勇気を、ちゃんと育てるから。

だからどうか、今ではなく、もう少しだけ待って。ほんの少しでいいから、私に時間をください。

深く落ちた沈黙を破ったのはカイドだった。

「……とりあえず、仕事終わらせるか」

ぽつりと呟《つぶや》かれた言葉に、私は下げていた頭を上げた。イザドルは無意味に浮かせた両手を胸の前でゆるゆると振っている。振っているというより、やり場のない何かを抱えきれず散らせているようにも見えた。小さな舞いにも見える動きに、カイドが片眉《まゆ》を上げる。

「何だ、イザドル」

「い、いや……俺は、遠慮しておくよ」

「ここまで勝手についてきてお前……荷運びの予定はないぞ」

「え？　あ、ああ、荷運びは嫌だねぇ」

言いながらも、イザドルは後ずさっていく。

「……カイド、お前、後で話があるからな」

「奇遇だな、俺もある。お前顔色酷いぞ、どうした」

「後で、後で聞く。俺はいったん、屋敷に戻る」

「俺の屋敷だ」

「ああ、お前の屋敷……に、戻る、ます。ので、後ほど、お話を……」

「……お前、本当にどうした？」

しどろもどろになって、私とカイドを交互に見ているイザドルは、見ているこっちが心配になるほど顔色が悪い。今日はつくづく誰かと交互に見られる日だ。

がばりと持ち上げた頭を、それと同じ勢いで振り下ろしたイザドルは一目散に駆け出した。あっという間に消えた背中を呆然《ぼうぜん》と見つめたカイドは、なんともいえない目で私を見下ろす。

「…………何か、言ったか？」

「…………質問に質問で返して申し訳ありませんが、私からも、一つ質問宜しいでしょうか」

「……ああ」

確かにカイドに対してそこまで頑《かたく》なに隠しているわけではないし、イザドルには寧《むし》ろ自分から伝えたといえるだろう。自分から伝えたのだけれど。あそこまで確信を持ってしまえる何かがあったのかと気にはなる。

きっとお互い分かっていた。分かっていることを分かっている。けれど、自分からそうと告げるのは初めてで、思っていたより舌が乾いた。

「私、何か……そんなに特徴的なこと、ありますか」

カイドはぱちりと瞬《まばた》きした。何か言おうと開いた口を片手で押さえ、何事かを呻《うめ》く。結局その口から出てきたのは、深い溜息《ためいき》だった。

「……瞳が、あなたを映していますから」

口調が変わり、小さく吐息のように呟いた金色が恨みがましく私を見る。ああ、確かに瞳は変わらない。でも、これは変えようがないからであって、私は一度丸々変わっているはずなのに。

ちょっと首を傾げて考えていると、どこか拗《す》ねたような、据わったような、なんともいえない顔で、変わった口調のまま続く。

「…………あなたがその気になるまで待ちますが、イザドルとはいえ先に打ち明けられたら、流石に思う所はありますよ」

「あなたの名を……出しただけです」

「それだけであいつがあの反応を。へえ。それだけで」

じとりと据わる金色から、おもむろに視線を逸らす。さっと逸らすと追いかけられそうな気がしたのだ。彼が狼と呼ばれる理由が、少し分かる。背中を見せたら追いかけられそうで、向かい合ったままじりじり後ずさる。

逸らしても、ねめつけてくる視線を感じる。

分かってる。分かっているから。カイドが分かっていることも、分かっているから。

もう少し待って。まだ、何も言葉を纏《まと》められていない。十五年も貰《もら》ったのに何をのろまなと自分でも思うけれど、纏めるための勇気すら揃《そろ》えられなかった愚図なのだ。

私は、屋敷に働きに入った際に教えてもらった方法を取った。即ち、頭を下げて顔を隠す、ヒルダさん直伝の方法だ。笑っていないことを隠すために教えてもらった方法だったけれど、それ以外でも大活躍だった。

メイド長代理を務めあげるやり手メイドの技に、カイドは溜息をついた。

「仕事を終わらせるぞ」

「畏《かしこ》まりました」

一か月間続けてきた茶番は、私達の間にあった空気をくるりと入れ替えてくれた。

カイドは主に人の流れを見ているようだった。警邏《けいら》の動きを見て、地図に印を入れては何かを書きこんでいく。黙って見上げていると、その視線に気づいて苦笑した。

「俺は頭が良くないからな。自分の目で把握しておかないとうまく頭に入らないんだ。そんなんじゃ、とんちんかんな指示に従わないとならない現場が可哀相だ」

崩壊寸前のライウスを十四歳で立て直した人は、自嘲《じちょう》を含ませずにそう言った。きっと本心なのだろう。

彼の頭が悪いわけじゃない。それだけ、大変だったのだ。死に物狂いだったのだろう。あれだけ混迷したライウスでは、敵と味方を判別することが何より大変だったはずだ。

こんなにも崩れた領地を立て直した例はどこにもない。私がヒルダさんに教えてもらったやり方も、サムアがティムに教えてやるんだと張り切っていたコツも、何もないのだ。先人が残した知恵どころか、事例すらない事象の中、命を狙われながらライウスを生き返らせた。

私が、何も知らずのんびり過ごした時代を、彼は持っていない。

執事もメイドも交代制だけれど、彼は誰とも交代していない。夜はいつまでも明かりが消えないし、朝は既に着替えて仕事をしている。根詰め過ぎですと執事長が言えば、そうだなと納得したと思えば剣の鍛錬に向けた。

一日も休まず、欠かさず。

毒を盛られた次の日までも。

全部自分でしなくていいのだ。全部自分で守らなくていいし、全部自分を捨てなくていい。誰かに守ってもらってもいい。誰かに甘えてもいい。領主としての在り方は、確かにイザドルがいったように、ある。領主としての正しさというものが、この世には存在している。理想とされる形、領民が思い描く形、こうであってほしいと願望だけで作り上げられた、人では到底形にできない形。領主としての形は、確かにある。

けれどそれを、カイドを殺す理由にする必要はないのだ。

誰も、そんな彼を責めたりしない。そう、思えないのか。自分を削って、殺して、そうまでしてもまだ足りないと望まれる形に添うようこそげ落とす。もう充分だと、誰が言っても自分を削り続ける。

それは、自惚《うぬぼ》れでないのなら、私の所為だろうか。

人差し指と中指を握りこんで見上げた先で、金色が不思議そうな顔をする。

その顔を見上げていると、じわりと感情が滲《にじ》みだす。さっき、瞳《ひとみ》に私が映ると言われたばかりだ。私の胸から湧き出すそれを悟られたくなくて、メイドとして控えることを口実に頭を下げる。

苦笑した気配はあったけれど、それ以上踏み込んでこなかったカイドに感謝した。


「あれ、旦那様じゃないですかぁ」

間が抜けたというような、のんびりしたような、間延びしたというような。なんとも形容しがたく、例えるなら平和というのが一番あてはまりそうな声が後ろから聞こえてくる。

声よりも、特徴的な喋り方に聞き覚えがあった。

「セシルか」

カイドは振り向かず、難しい顔をして地図に何事かを書きこんでいる。別に不機嫌でも何でもない。たぶん、目がしぱしぱするのだ。目頭を擦り、頭痛を堪えるように眉間《みけん》に皺《しわ》を寄せている。ただでさえ忙しいのに、今は祭りを控えて忙しさも佳境だ。そんな中で寝不足も極めているのだから、今日くらい屋敷で休んでいればよかったのに。

「終わったか？」

「そりゃあもう、毎年会心の出来です」

「それの心配はしていない。舞台の絵だ」

「うぐぅ！」

「お前なぁ……毎朝カロリーナが申し訳ありません申し訳ありませんと頭下げてくるんだぞ……」

「うぐぅ……」

「舞台飾りの責任者の額も日に日に広くなっていくから、早いとこ埋めてやってくれ」

目尻《めじり》に少し笑い皺を持つ彼は、セシル・フォックス。

カロンの夫だ。


カロンと駆け落ちする前から、ちょこちょこ貴族の屋敷に呼ばれて描いている画家だったけれど、今では結構有名な画家になっているらしい。ただ、芸術家にありがちな性質なのか、気分が乗らないと非常に筆が遅い。

そうか、舞台の空いていた壁の部分は、彼の絵が入る場所だったのか。……結構な範囲があった気がするけれど、大丈夫なのだろうか。

幸せそうにやっているみたいだから別にいいのだけど、できればカロンにあまり気苦労を懸けないでほしいなと思いつつ後ろに控えていると、スカートがふわりと浮いた。風ではありえない、一部分だけ浮き、足との間に現れた隙間を風が通り抜けていく感触に思わず短い悲鳴を上げる。

私の悲鳴に、カイドが弾かれたように振り向く。そして、険しい眼を足元に下ろすと、目元も下ろした。

「アデル」

「こんにちは、旦那《だんな》さま！　ごきげんいかがですか！　それとこの人誰ですか！」

「ああ、こんにちは。機嫌は問題ないが、驚いているからまずはその手を離してくれないか」

「アデル、どうして君はそういう引き方をするんだい」

私のスカートを握り締め、上に浮かせて下に引くという謎の引っ張り方をしていたのは、十歳になるかならないかという年齢の少女だった。そばかすが可愛らしく散った頬に、二つの三つ編み。頭には横にリボンがついた可愛らしい帽子をかぶっている。

誰かに似た少女は、すまし顔で人差し指を立てた。

「だって、横に引っぱったら上に伝わるまでに時間がかかるけど、縦だとすぐでしょう？」

「一秒あるかないかの話で人を驚かせたらいけないよ。すみません……ええと」

「旦那様付きメイドの、シャーリー・ヒンスと申します。メイド長にはいつもお世話になっております」

「そうでしたか。僕はセシル・フォックスです。この子は僕の娘で、アデルです」

やっぱり。セシルから紹介を受けた少女は、カロンそっくりの顔をすませ、ちょこんとスカートの縁を摘まんで挨拶《あいさつ》してくれた。

カロンと会ったのは勿論《もちろん》もっとずっと後の話だけれど、カロンが小さい頃はこんな風だったのかと思うと愛おしさが募る。

「素敵……可愛い……」

思わず口にしてしまいながら、握手しようと差し出した手を、ぺしりと払われた。ぱちりと瞬きした先で、小さな唇がつんととがってそっぽを向いた。

「あたしがお母さんに似てるからかわいいっていうのなら、聞き飽きたわ。あたしは、ふつうに、かわいいの！　あたしが、かわいいのよっ！」

「まあ、確かに君は母さんそっくりだしねぇ。顔も、性格も。重ね重ね、娘が失礼を。すみません、シャーリーさん」

「いえ……こちらこそ、失礼を申しました」

頭を下げて謝罪した後、振り払われた手をじっと見る。

「……嫌われてしまいました」

「あー、えーと……昼でも食べるか？」

しょんぼり肩を落として手をじっと見ている私に、結局有効な慰めを見つけられなかったらしいカイドは、出店をぐるりと眺めた。

「出発前に頂きました」

出かけるから先に食べておけと指示を出したのはカイドなのに、まさか忘れてしまったのだろうか。

そんな気持ちを籠《こ》めて見上げると、カイドはしれっと言った。

「それとこれを合わせてちょうどいいくらいの量になるだろうと思ったが、その通りになりそうだ。恨むなら、いつもより食べてこなかった自分を恨んでくれ」

さっきのセシルみたいな声が出そうになる。道理で着替えるついでに食事をとってこいと念を押されたはずだ。町に下りるのに食べていくの？　と、皆も不思議がっていた。こんなことならパンは抜いてくるべきだった。

嵌《は》められたような気がして、恨みがましく見上げる私を楽しげに見下ろしていたカイドは、ふっと視線を遠くに向けた。何やら向こうが騒がしい。

「ちょっと見てくる。セシル、シャーリーを頼む」

言うや否や、カイドは剣を下げ直して早足で立ち去ってしまった。

違う、違うわ、カイド。あっという間に人ごみに飲まれてしまった背中に、溜息が漏れる。違うわ、カイド。あなたは領主なのだから、そこはメイドに見に行かせて、あなたがここにいるべきだった。

そう思ったのは私だけではなく、セシルも頭をぽりぽり掻《か》きながら苦笑した。

「あの方も、相変わらずだねぇ。僕が行ってくるのに」

「ねえねえ、あなた本当にただのメイド？　その首飾り、カイド様からもらったんじゃないわよね？」

スカートを持ち上げて落とす独特の引き方を改めるつもりはないらしい。ふわりと浮く感触に、反射的にスカートを押さえてしまった。小さな指で差された先には、さっきジャスミンから貰った青い花が揺れている。

裾《すそ》を引かれるがまま足を折り、しゃがみ込む。

「いいえ、同じ部屋の方から頂いたのよ。ジャスミンという、とてもいい方なの」

「ああ、その名前、カロリーナから聞いたことあるな。昔の自分そっくりだって苦笑してたよ」

「お母さんと？」

まじまじと首飾りを見つめている小さな頭と大きな瞳が可愛くて、口元が緩む。言ったら怒られてしまうけれど、やっぱりカロンに似て可愛い。

「このお花、かわいいね。なんていうお花なの？」

「ヒヤシンスよ」

「おや、それは素敵だね」

ひょいっと覗《のぞ》き込んで色を確認してきたセシルは、柔らかい笑顔でそう言った。さすが画家。絵を描くとき、背景に混ぜ込む花の言葉には詳しいようだ。この場で一人だけ意味が分からないらしいアデルは、どうしてどうしてとセシルの裾を引く。なかなか遠慮のない力加減のようで、ズボンが落ちそうだ。

　ズボンを両手で押さえながら、セシルが屈んで意味を教えてあげると、アデルは今まで力いっぱい引いていたズボンから急に興味を失い、ぱっと放した。セシルは解放された。そして見事にひっくり返る。

　地面に転がった父親には見向きもせず、アデルは小さな手をぎゅっと握りしめた。

「あたしがカイド様に向けるものとおんなじね！」

　思わず目をみはる。

　セシルは、あいたたと間延びした声を上げながら、同じ調子で続けた。

「お父さんはそれ、応援しないけどねぇ」

　のんびりした父からの反対に、アデルの瞳が吊《つ》り上がる。なかなかおしゃまで勝気な女の子だ。もしかすると、カロンよりも。

「お父さんだってお母さんと結婚するためにかけおちしたじゃない」

「だから言ってるんだよ。あの御方は駄目だよ」

「……おじいちゃんとおばあちゃんはがんばれって言ってくれるもん。諦《あきら》めなかったら万が一があるかもしれないからって。だって、カイド様ご結婚されてないんだもん」

「うーん、あの人達もよくよく権力大好きだからなぁ」

「どうして駄目なの？　あたしが子どもだから？　でも、すぐに大きくなるわ。勉強だって、学校で一等賞なのよ」

「駄目だよ。僕は君を愛しているからね」

アデルは、ますます意味が分からないと不機嫌になっていく。彼女の父親はズボンから土を払い、よいしょとアデルの前にしゃがみ込んだ。

「あの御方はね、もう唯一を決めてしまわれたんだ。もしもこの先、何かがどうにかなって、君があの方と結婚したとする。でもね、あの方は君を特別にはしてくださらないんだよ。あの方は、一生分の恋を喪ってしまったから」

「フラれちゃったの？」

「さあ……お父さんには分からないよ。変わっていくことは悪じゃない。誓いを破ることですら、必ずしも悪ではない。忘却も、時間による癒しも、生きている人間だけが持ち得た権利だ。けれど、それを許せる方じゃない。あの方は、変わっていく自分を許せない。許されることすら、許せないんだ。あの方が救われるには、奇跡がいるんだよ……ああ、どうせ世の中は僕達には考えもつかない現象で溢《あふ》れている。それなら、どんな美しい奇跡より、優しい奇跡が、僕は好きだな」

目を細めて遠くを見つめる父親に、少女は頬を膨らませる。

「よく分からないわ」

「分からないなら、それでいいんだよ」

「だめよ！　相手が分からないものは説明じゃないのよ。そんなんじゃ、点はあげられないんだから」

「ははは、アデルは厳しいなぁ」

「お父さんがのんびりすぎるのよ。だから今日もくつした左右ちがうんだから！」

「かたっぽなかったんだよ」

「うそよ。あたし、昨日ちゃんとタンスにいれたもの」

「アデルはお手伝いができてえらいなぁ」

「お父さんができなさすぎるのよ。どうしてスープがあんなにしょっぱくなっちゃうの」

「不思議だよねぇ」

往来で、父親と幼い娘が笑いあう。それが珍しい光景ではなく、当たり前で。

優しい世界になったのだ。優しいライウスが戻ってきたのだ。……いいや、違う。優しい世界を、彼が作った。

その中に彼が含まれていない。そんなの、おかしいじゃないか。


人ごみを縫うようにするりと茶髪が現れる。あれだけ人がごった返しているのに、ぶつからずに辿《たど》りつくのは凄《すご》い。苦も無くやってのける様子から、慣れているのが分かった。

戻ってきたカイドに、ぱっと頬を染めて嬉《うれ》しそうにしたアデルも凄い。凄く、可愛い。

「昼間から酔っ払い同士が暴れていたから、両成敗で伸して警邏《けいら》に突き出してきた。悪い、シャーリー。ちょっと目立ったから場所を変える。じゃあな、セシル、アデル」

「失礼致します」

慌てて頭を下げて、見慣れた茶髪についていく。

「恋人じゃなさそうね。だって、手を繋《つな》いでいないもの」

「やっぱり分かってもらうまで話すべきかなぁ」

後ろからそんな声が追いかけてくる。騒動の騒がしさに追い立てられるように、私達はその場を後にした。


食べ歩きが苦手な私のせいで、小さな広場の噴水に腰掛けての食事を終える。

どうしてみんな歩きながら、口元につけず、零しもせず、器用に食べられるのだろう。幼い子までてくてく歩きながら平気で食べている姿を見て、少し落ち込む。カイドは怒りもせず、歩いて食べられないなら座って食べればいいとあっさり結論付けた。そして、普通は座って食べるものだとまで言ってくれた。さっき屋台で購入した肉まんを食べながら、平気でてくてく歩いて。

「この中身、味付けはなんだ？」

「へい、コシヨという南のほうの香辛料です」

「うまいな」

「でしょ？　おいらの目利きは間違いないんだぜ。ただ、女子供には量減らさないと不評だったなぁ」

「だろうな、多いと辛い。だが、いいなこれ。コシヨか。覚えておくよ」

そんなやり取りも屋台でしていた。屋台の店主は、新しい香辛料に興味を持ってくれた身なりのいい客に喜んでいろいろ教えてくれたし、カイドはそれを綺麗《きれい》に聞いた。聞き上手なのだ。相手は喋《しゃべ》りやすい上に、嬉しそうだった。

もういりませんといえば、一口で食べられる揚げ菓子を売っている屋台の前に並ばれる。では一つ頂きますと言えば丸ごとくる。なのに、本当にこれ以上食べたら具合が悪くなる瞬間、ぴたりと止まった。これが洞察力の差なのか、はたまた彼が異様なのか。

ごみをひとまとめにして屑籠《くずかご》に入れてきたカイドは、それも私の仕事だとねめつける私からしれっと視線を外した。

「さて、と。一通り確認したい事項は済んだし、戻るまでにまだ時間はある。どこか行きたいところはあるか？」

「あります」

私からの返事が予想外だったのか、金色が見開かれる。言う直前まで、私にも予想外だったのでお揃《そろ》いだ。

お互いぽかんとしあっている光景は、きっと端から見ればとんでもなく間抜けだろう。けれど、言ってしまったことは取り戻せない。それに、取り戻す必要も、きっとないのだ。

少し、早めよう。どうせ祭りまでまだ何日かある。その間に勇気を、言葉を組み立てて、彼に伝えるものとしよう。

その為に、どうしてもやっておきたいことがある。その準備を、少しだけ、彼に手伝ってもらおう。

「あの……どちらに？」

思わず変わった口調に、少し笑ってしまった。今まで一番自然に笑えたかもしれない。金色がさっきより見開かれ、すぐに細まった。眉《まゆ》が寄り、唇が噛《か》み締《し》められる。

憤怒に似た表情は、どこか、泣きだす寸前の子どもに見えた。

「買いたい物があるのだけど、私、あまり詳しくなくて。教えてもらえないかしら」

「買いたい物？」

「ええ、まずは刺繍糸《ししゆういと》。紫色で、予算内で買える一番高い物がいいわ。次は髪飾り。赤い色で、予算内で買える一番高い物がいいわ。次は葉巻。ええと……重い？　重い味、の？　予算内で買える一番高い物がいいわ。最後にお酒。辛い味の、予算内で買える一番高い物がいいわ」

紡いでいく条件に最初は怪訝《けげん》な顔をしていた彼は、すぐに合点がいったのだろう。少し目を伏せて、頭を下げるように俯《うつむ》く。まるで、執事が頭を下げるような動作を途中で無理矢理止めたかのようだった。

「……お許し頂けるならば、俺に出させては頂けませんか。そうすれば、そのままの物を、ご用意できます」

絞り出された声に、同じように俯きかけた顔を止《とど》める。

「いいの……これが初めて、私が自分で稼いだ真っ当なお金なのだから。それで買うのが……きっと、いいの。私にもあの人達にも。これが一番、相応しい品だわ」

働いて初めて頂いたお金。一か月分のお給金で、更に四等分だから金額にしたら微々たるもの。

それでも、ある意味初めての、私だけの贈り物となるのだ。

そう告げた私に、カイドはようやく顔を上げた。そこにあったのは、どこか疲れ切ったような、腹が空いた子どものような、転んでしまった子どものような、迷子の子どものような、頼りなげな顔だった。そして、明日を探すような、誰かを探すような、誰の物とも知れない落とし物を拾ったような、揺れる瞳《ひとみ》をしていた。

そんな不思議な顔を、不思議に思えないのは、きっと私も同じものを浮かべていると思ったからだ。

「では、せめてその日、ご一緒させてください」

「……ええ。私も、話があるの」

「……話？」

「そうよ、話を、しましょう。そうして、終わらせましょう。私達、今度こそちゃんと、終わりましょう」

ヘルト。

そう呼べば、彼は使用人の礼よりももっと深く頭を下げて、「はい、お嬢様」と言った。

第四章　あなたと私のさようなら

祭りまで片手で足りる日程にもなると、大体の客人は揃い踏《ぶ》みとなる。噂のダリヒ領主もその中の一人だ。話には聞いていたけれど、あまりの凄さに、みんな圧倒された。長くここにいる人に聞けば、年々凄くなるのだという。

まず、遠目にある段階で馬車が斜めになっていた。そして、近づいてきてようやく分かる更なる違和感。通常の三倍はありそうな巨大な馬車に、酷く広い扉口。その中から現れたのは、どこが首か顔か、境が分からない男だった。

車内で身動《みじろ》ぎする度に、巨大な馬車が軋《きし》んで激しく揺れる。馬車の床が抜けたと聞いた言葉が恐ろしいほど納得できた。昔から巨漢ではあったけれど、それでもここまでではなかったはずだ。年々凄くなる、という言葉の重みを知った。

「凄いよね」
「凄いですよね」
「凄いよな」

夕食時に、皆の言葉が揃う。たとえ休憩時間であろうが、使用人が主のお客様に対してあからさまに何かを言うことはできないので、主語を抜いた率直な感想だけが転がり落ちた。

ついでにいうと、ジョブリンは屋敷の低い段差を転がり落ちた。助け起こすのにダリヒの使用人だけでは足りず、屋敷の使用人を総動員したどころか、カイドまで手を貸すほどの大騒動となった。幸いにも大した怪我はなかったそうで、容態を伝えてくれたダリヒの執事に大事なくてよかったですと笑顔で伝えつつ、皆の心は一つだった。

自分達の主は軽くてよかった、と。

カイドも長身の成人男性として決して軽いわけではないと思うけれど、実家で牛を飼っているという青年は、正直牛を起き上がらせる方が楽だったとぼやくほどだった。

今日は、その大騒動があったものの、あったといえばそれだけだったので、恙《つつが》なく終えたというべきなのだろう。他領から大勢の客人を迎えた屋敷は今、日常のどこかのんびりとした牧歌的な雰囲気をかなぐり捨てて、不備がないよう皆で走り回っている。

私達も、ここ数日はベッドに倒れ込むように入る日々が続いていた。カイドも、本当にいつ眠っているのか不思議になるほど、客人の相手に宴会に祭りの準備にと、どこに行っても顔を見るほどだ。いつ見ても瞳も口も手も足も動いている。それでも、やはり視線が合ってしまう。私が見ているのか、カイドが見ているのか。きっと、両方なのだろう。イザドルはカイドに伝えると言っていたけれど、伝えていないのか、伝えても改善されなかったのか。あれから、顔を合わせそうになれば身を翻してしまうイザドルには聞けずじまいだ。そうやって逃げてしまうのに、振り向けばついさっき逃げていった紫の瞳と目が合うので、いっそ近くで見てほしかった。

忙《せわ》しなく、慌ただしい非日常に追われて日が過ぎていく。忙しさの中には、大きな祭りへのどこか浮かれた雰囲気が混ざり込み、客人が増えたことで緊迫感も溶け込んだ。どこか不思議な、夢のような時間は瞬《まばた》きの間に過ぎ去って。

そして、あっという間にこの日が来た。

いつもの夕食を終え、私は一緒に食べていたいつもの面子に断りを入れて立ち上がった。デザートを食べながらサムアとティムに何か言っていたジャスミンは、慌てて残りのケーキを掻《か》き込んでいく。

「待って、シャーリー。お風呂《ふろ》なら一緒に行こう？」

「私、この後に少し用事が……約束があるんです」

「約束？」

「はい、遅くなるかもしれませんから、先に寝ていてください」

不思議そうな三人に小さく頭を下げて食堂を出る。私が来るまではいつも三人で食べていたと聞くのに、今では当たり前のように私を交ぜてしまう三人は、顔を見合わせて首を傾げていた。

一旦《いったん》部屋に戻り、仕事服から私服に着替えていく。鏡を見ながら、いつものひっつめ髪をなんとなく解く。気のせいだろうか。最近、少し色が変わってきたように思う。前は飼葉のような色だったのに、今は少し……金がかって見えるときがある。

少し考えて、しまっていた青い首飾りを取り出す。首につけようとするのに、指が震えてうまくつけられない。苦笑しながら頑張ってつけたそれを服の中に落とし込み、上から握りしめた。

深く何度も深呼吸して、顔を上げる。何度も何度も深呼吸したのに、鏡の中の私は、酷く情けない顔をしていた。

誰にも見つからないよう屋敷の裏に回り、森の中に姿を消す。表の部分はほぼ平らとなり、小川も野原も無くなってしまっていた。

けれど、この一角だけは木々が残っている。彼と待ち合わせした白樺《しらかば》は、もうないけれど。どうせ後ろは山だし、ここはぐるりと高い塀で囲まれているから少々見通しが悪くても問題ないと放置されたのかもしれない。表は外から見えるけれど、こんな奥まった場所、使用人だってそうそう訪れない。

指示された場所を目指して暗い森を歩く。手の中で荷物がかちかちと音を立てる。地図などなくても構わない。ここで方角が狂うほど方向音痴じゃない。まして初めて来た土地じゃない。外にはあまり出してもらえなかったけれど、屋敷内は、そのままの意味で私の庭だった。

ざわざわと夜の風に揺れる音を恐ろしいと思わなくなったのはいつからだろう。少なくともあの頃は、もう十七になったのに、お化けが出そうで怖いなんて思っていた。自分が、恐れる不確かなお化けより、もっと怖くて醜悪な化物だったくせによく言う、と笑えそうだ。

けれど本当に笑いだすことも、笑いたくなることもなく、黙々と歩いていった先にぽつりと明かりが浮かんでいた。ぎょっとはしない。それがお化けではないことは勿論《もちろん》、誰かも分かっている。だって、彼を目指して夜の闇をここまで進んできたのだ。

ランタンを持ったカイドは、黙って立っていた。暗闇に紛れるような黒髪の中で爛々《らんらん》と輝く金色は、獲物を狙う狼のように見えるだろうと思っていたのに、俯き、前髪で隠れた上に伏せられた瞳は、何を映しているのかすら分からなかった。

私が来たことに気づいていたのだろう。カイドは驚くことなく静かに膝《ひざ》をついた。使用人の礼というよりは、まるで臣下のそれだ。首を付け根まで晒《さら》すほど下げられた無防備な頭を見下ろす。

「ヘルト……いえ、カイドと呼んだほうがいい？」

「お嬢様のお好きな呼び方で結構です」

「……やっぱりここでのあなたはヘルトがいいわ」

「はい」

まだ屋敷内では夕食を取っていない人もそれなりにいる時間帯。

こんな時間に、忙しい彼が時間を作れたのは奇跡だ。……いや、奇跡などではないのだろう。彼が、頑張ったのだ。この時間と場所を指定したのは彼だけれど、それでも少し申し訳ない。後は自分でできるから帰って休んでくれと言うつもりのないことを、心の中で詫《わ》びた。

「ここに埋めてもいい？」

「いえ、こちらに」

主語のない言葉を違えることなく受け止めたカイドは、音もなく立ち上がった。更に森の奥へと進む背に黙ってついていく。夜露に湿った土が巻き上げた香りが木々の香りと混ざり合い、落ち着くような、逆に酷く落ち着かないような不安定な気分を呼ぶ。

辿《たど》りつくまで、そんなに時間はかからなかったように思う。目的地に着いたらしい彼は、何も言わずに私の視界から外れる。それを追うことはできなかった。今まで彼の背中しか見えていなかった視界に映ったのは、五つの石だった。

それだけで、何か分かる。分かってしまうのは、私が当事者だからだろうか。

息を呑《の》む。こんなものが、この世に存在するとは思わなかった。

一見するとただの石だ。何が刻まれているわけでもなく、同じ大きさの石が等間隔で並んでいるだけ。自然ではあまりない均等さなので、誰かが並べたのだろうと思うかもしれないけれど、それだけだ。

それでも、分かる。これは、私達の墓標だ。

一番右端の石の傍に大きな包みがあった。石には苔《こけ》も葉っぱも乗っていないので、あれは掃除道具だろうか。

私の視線に気づいたカイドは、その包みを開いてくれた。そして、ランタンを近づける。炎の光がゆらめいたそこには、愚かな女がいた。

「…………私？」

一枚の絵だ。昔の私が、何も知らない愚かな私が、幸せそうに笑っている。

「カロリーナ、セシル、他にも十数名いますが、彼らからの贈り物です」

絵の下には、花が、首飾りが、お菓子が、手袋が、ハンカチが、幾つも並んでいた。ランタンの明かりしかないはずなのに、まるで昼間みたいに輝いて見えたのは、その光景があまりに予想外で、眩《まぶ》しかったからだろうか。

「彼らは皆、あの時すでに屋敷を出るか追われたかした者達でした。けれど、あの後、散っていた各地から次々と戻ってきて、ここで働かせてほしいと言ってきたんです。そして、俺を見張るのだと」

「……見張る？」

彼の存在に相応しくない言葉に、贈り物から視線を上げる。明かりを下から受けたカイドの顔は影に飲まれ、よく見えなかった。

「俺がもしも前の領主のようになったのなら絶対許さないと。お嬢様を騙《だま》し、裏切り、殺した俺が、その死までをも無意味な物としたなら、彼らが俺を殺すでしょう。皆、言っていましたよ。前の領主は許せない。ライウスを救ってくれてありがとう。だが、お嬢様を騙した事だけは、死んでも許さない、と」

「……あなたは、お父様達とは違う」

「俺も、彼らと同意見です。もしもそんなことになったなら、自分でも気づかない内に同じになっていたのなら、彼らが教えてくれるでしょう。そのとき俺は、この墓の場所を移し、同じ場所で自害する予定です」

そう、はっきりと言い切った声に、震えも戸惑いもなかった。もう決めているのだと、ずっと決めていたのだと言い切られたのだと分かった。

言葉も出ない。何を言えばいいのか分からない。そんな、それなら、彼は本当に一人ぼっちじゃないか。

供物の中に手紙があった。持ち上げて裏を見れば、カロンの名前がある。

両手で握りしめ、祈るように額をつける。ああ、カロン。カロン、駄目よ、カロン。優しいあなたが、そんなこと言っちゃいけない。そんなことしちゃいけない。そんな傷を、負ってはいけない。優しい人が、その優しさで優しい人に刃を向け、共に傷を負っていくなんて。そんなこと、この人達にさせてはいけないのだ。

手紙を握り締めたまま動かない私に、彼はそっと声をかけた。

「左端から、年齢順です」

「…………ありがとう。お墓があるなんて、思ってもみなかった」

「……公式では、野に捨てられたことになっています」

「そうね。そう、聞いたわ」

ぐっと嚙《か》み締《し》め、手紙をそっと置く。荷物を解き、左端の墓に小さな酒瓶を供える。

辛くて、強くて、おいしいそうです。予算内で買おうとしたら掌よりも小さな大きさの瓶しか買えなかったけれど、お爺《じい》様ももうお歳だから、お酒は控えてくださいとお婆様からよく言われていたので、ちょうどいいかもしれません。

隣のお墓には、刺繡糸《ししゆういと》を。

色濃く鮮やかですが、ちょっと派手かもしれません。けれど、とても綺麗《きれい》なお色ですから、紫が好きなお婆様ならうまく使ってくださると思います。

隣のお墓には、葉巻を。

ごめんなさい、お父様。私、葉巻は煙たいという事しか分からなくて、説明してもらったのに重いや軽いもやっぱりよく分からなかったの。けれど、お店の方が親切にしてくださって、重いのが好きな方はこれがいいよと一本だけ譲ってくださったの。だから、一本だけで勘弁してください。

二本だと、お母様の髪飾りが買えなくなってしまうの。

隣のお墓には髪飾りを。

お母様の好きな赤い花の髪飾りです。東の国に咲く、珍しいお花を模しているのだそうです。お母様の綺麗な金の髪に映えると思います。お母様のお嫌いな「安っぽい意匠」かもしれませんが、ごめんなさい、これ以上だとお父様の葉巻が中身なしになってしまう所だったの。

両手を合わせて目をつむる。

許されないことをした人達だ。きっと、冥福《めいふく》を祈ることすら許されない。けれど、どうか。娘として、家族として、願うことは許してもらえないだろうか。

「来るのが遅くなってしまってごめんなさい。……本当はね、こんなことにならなければ、この地を訪れるつもりはなかったの。カーイナの……私が育った場所はカーイナというのだけれど、その隣町に、小さな修道院があって、そこでお世話になって一生を終えるつもりだったんです………けれど今は、こうして墓石に参れたことを、嬉《うれ》しく思います。お爺様、お婆様、お父様、お母様。どうかお怒りにならないでください。どうか、何も恨まず、何も呪わず、怨嗟《えんさ》に堕ちることなく、逝ってください。もしも、どうしても許せないのならば、どうか、一人のうのうと生きている私を呪ってください。私を恨んでください。お願いします。そうしていつか私が死んだのなら、一緒に地獄に連れていってください。それで、ライウスの悪夢を、終わりにしましょう」

夜風で葉が擦れ合い、まるで泣き叫んでいるかのようだった。この世界で彼らの死を泣いてくれた人がどれだけいたのだろう。泣いて喜んだ人達は、数え切れないほどだった。けれど、もしかしたら、本当に誰もいなかったかもしれない。この屋敷の草花だけは泣いてくれただろうか。それとも彼らも私達のせいで燃えたことを恨んでいるだろうか。

分からない。もうずっと分からないままだ。ここに存在する理由も、どう生きていけばいいのかも。ずっと、分からない。何をしていいのか、何をしてはいけないのか。そもそも何かを考えることすら、許されるのか。私が生きていること自体が許されないのに、それなのに、どう生きていけば。

楽しいことは、あった。けれど、嬉しいなと、幸せだなと思ったら、こんな幸せがあるのは領主様のおかげだと、誰かが言った。前の酷い領主が死んでくれたおかげで、今の幸せがあるのだと、誰かが言った。死んでくれてよかったと、もっと早く死んでほしかったと、領主様のおかげだと。

そうよ、正しいわ。私達の所為《せい》でライウスは苦しめられた。だから、彼らの言うことは正しくて、何一つとして間違っていなかった。なのに、苦しかった。許されないのに、苦しくて、堪らなくて、心が彷徨《さまよ》った。惑い、定まらないまま十五年間彷徨い続けた。十五年も貰《もら》ったのに、それでも分からない。

全てを忘れて生きるには、抱えた業が深すぎた。

全てを呪って生きるには、抱えた罪が重すぎた。

全てを愛して生きるには、抱えた恋が辛すぎた。

未だ定まらず、生き方を見いだせない心は、ようやく辿りついた墓前に、存在しないと思っていた彼らの墓前にきて、耐えられなくなった。

顔を覆って俯《うつむ》く。聞くに堪えない震え声が、美しい夜風の音色を邪魔する。それでも、もう、止まらなかった。

「ごめんなさい、愛しているの。私も彼らも、決して許されない。けれど、愛しているの。家族を愛しているの。変わらない、ごめんなさい、変われないの。許されないのよ、分かっているわ。けれど、どうしても、嫌えない。憎めない。……私の、お母様なの。お父様と、お爺様と、お婆様なの。ごめんなさい、許して、ごめんなさい。愛しているの、ごめんなさい、ごめんなさいっ……」

「…………家族を愛さないことを責める人間がいても、愛することを責める人間など、いませんよ。そんなことで許しを請わなくていいんです。家族なんです。愛していていいんです。家族を愛することの、何が罪なのですか。あなたは、そんなことで泣かなくていいんです。家族を愛して、何を咎《とが》められるというのですか。いいんです、いいんですよ、お嬢様」

彼らの為に泣くことすら許されない罪の中、彼はどうして許してくれるのか。

悲しむことは許されない。怒りも、喜びも、穏やかさも。そもそも、感情を動かすことは許されるのか。楽しみを得るどころか、私達の所為で死んでしまった人達が二度と得ることのできないものの全てを感じることは許されていいのか。

そう思うのに、止まらない。何かが壊れたように溢《あふ》れだした涙は、顔を覆った手の中からも溢れだす。

「お嫌でしたら突き飛ばしてください…………失礼します」

その意味を理解する前に、とっくに落ちたと思っていた夜の帳が落ちてきた。

酷く、温かな夜だった。

頭と腰を抱え、私を胸に抱きこんだ彼はとても無防備だ。私が彼の胸元に刃物を突き立てたらどうするのだと、そんなことを思う余裕は、元からなかった。

彼の体温が私に溶け込む。昔は私が彼の頭を抱えたことだってあったのに、今は私を全部使って彼を包むことはできやしない。広い背中に手を回すことはできなくて、顔を覆ったまま額をつける。

こんな風に誰かに抱かれるなんて、いつぶりだろう。思い出せない。今生ではすべて私が捨ててしまった。私を抱きしめようとしてくれた人達は皆一様に傷ついた顔をした。ごめんなさいと、それしか言えなかった。彼らが悪いわけでは決してないのに、彼らを傷つけてしまった。

分からない。分からない。今でも分からない。

どう生きればよかったのだ。どう生きれば正しかったのだ。どう生きれば償いとなり、どう生きればこれ以上何かを傷つけずに、どう生きれば、どう生きれば。この生をどうすれば。何を捨てればいいのか、何を得てはいけないのか。償わなければならない。贖《あがな》わなければならない。けれど、誰に？　どうやって？　この十五年生きた身体をどうすれば、領内中の人間に償えるのだ。この無様な心をどうすれば、死んでしまった沢山の命に贖えるのだ。

ずっと、分からないまま、ふらふらとただただ頑《かたく》なに生きることしか思いつかず。

きっと何回生きても私は愚かなままだ。いっそ、全く違う人間として生まれていれば何かが変わったかもしれない。けれど、こんなに何もかも、私のまま生まれてきてしまった。愚かなまま、賢さも得られぬまま、惑い続けて十五年。生き方が分からないまま、何も成長せず、彷徨い続けて、結局彼の胸に辿《たど》りついてしまった。温かい体温に包まれて、どうしたって湧き上がる感情を必死に抑え込む。嗚咽《おえつ》を飲みこみ、涙に蓋《ふた》をして、これ以上震えないよう歯を食いしばる。

駄目だ。こんな、こんなことをしにここに来たわけじゃない。泣いて、喚いて、慰めてもらうために、来たんじゃない。

弱く押した胸に気づいた彼は、すっと身体を引き、地面に膝《ひざ》をついて首を垂れた。私も彼の前に両膝をつく。

鼻を啜《すす》り、目元を拭《ぬぐ》って、ようやくまともな声が出せた。

「ヘルト、あなたのしたことは正しかった。次期領主として何一つ間違ってはいない。確実に息の根を止める為に全てを欺いたことも、私達を全員殺したことも」

「俺はっ」

「でも、一つだけ、間違った」

彼は弾かれたように頭を上げる。

「あなたの過ちはただ一つ。…………私を、信じ切れなかったことよ」

あなたの過ちが私を殺した。

そして、あなたの過ちが、ライウスを救った。

だからきっと、それも、正しかった。


見開かれた金色を見ていると、また涙が溢れ出てくる。けれど、今度は子どもみたいに泣きじゃくったりしない。感情の発露として身体を震わせるような涙じゃない。全ての感情が一粒に凝縮されたみたいに流れて落ち、地面で弾けた。

「あなたは嘘《うそ》なんてつく必要はなかった。そんなことしなくてよかったのよ。一言、たった一言、言ってくれるだけでよかった。それだけで、私は家族を捨てられる鬼畜だったのだから。……あなたも知っていたでしょう？　私には両親が決めた許婚がいたって。十八になれば、結婚するはずだった。それなのにあなたの故郷に行きたいと……あなたと家を出たいと、言うような女だったのよ。私は、悪魔と呼ばれたあの人達の娘だから、親を、家族を捨てられる鬼畜なんです。愛しているけれど、彼らの為だけに生きられない、自分のことしか考えていない娘なんです。ですから、あなたが一言言ってくれたのなら、私は、あなたの手伝いを、家族を殺す手伝いをしました。…………私は、悪魔ですから」

彼の口が薄く開き、すぐに閉じた。何を言えばいいのか分からなくなったのだろう。

今日は、この日まで必死に言葉を探してきた私に分があった。

「でも、今なら分かるわ。私がどういう態度であっても、私を生かせば必ず火種になった。きっとどう足掻《あが》いても、私達全員が死ぬしか、それしかライウスが再建する道はなかった。私が生きていれば、あなたの足枷《あしかせ》どころか致命傷になったはずよ。それほどに私達は恨まれた。私達は、一寸の隙なく敷き詰められた悪だった。だから、それは仕様のないことよ。あなたは正しいことをした。もう一度混迷する体力は、最早ライウスには残されていなかった。火種を抱えたまま進む余裕のないライウスにしたのは、私達だもの。あなたはライウスを滅びから救った。あなたと私があんな出会い方しかできなかったのは、私の所為よ。私がもっと賢ければ、世界を知っていれば、知ろうと、していれば……きっと、もっと別の出会い方ができたのでしょうね。けれど、ああして出会ってしまえばもう……あの終わり方しかなかったのよ」

怖かっただろう。恐ろしかっただろう。

ほんの少しのほつれでも、その結果何を失うか、彼は誰より知っていた。彼は私に何も話さなかった。そして、話せなかった。それは全部、私の所為だった。

私より三つも年下の、十四歳だった。それなのに、命もライウスも全てを背負っていた彼に、全てを亡くす覚悟で曝《さら》け出《だ》せなんて言える人がいるのだろうか。まして、相手が私だ。何も考えていない、考えようともしていなかった私に、一緒に背負わせようと思えるわけもない。ああ、やっぱり、それも私の所為だった。

「それに、私も嘘をついたわ」

「……それが、分かりません。俺はあなたに酷い嘘をつき、全てを裏切りました。けれど、あなたは何も」

嘘をついた。それは酷い嘘を。……酷い嘘に、した。

大事なことを、嘘にした。

「ごめんなさい、ヘルト。私は嘘をついたわ。あなたの故郷に行きたいと言ったのに、その道を放棄した。私は嘘つきね」

牢《ろう》の中で看守が話しているのを聞いた。

ヘルトは私を、彼の故郷にある修道院に送るつもりなのだと。看守達は、若い新領主に不安を募らせた。ライウスの宝花に誑《たぶら》かされたのか、と。看守達の反応は、きっとライウスの民の反応そのものだったのだろう。

領主という生き物に対して不信感を募らせている彼らは疑心暗鬼に陥っていた。自分達を救ってくれた英雄にさえも、その目を向けるほどに。

怒りがなかったかといえば嘘になる。悲しくなかったかといえば、虚しくなかったかといえば、悔しくなかったかといえば、惨めじゃなかったかといえば、全部嘘だ。

裏切られたことに腹を立てた。悲しくて、虚しくて、悔しくて、惨めだった。二度と顔を見たくなかったし、二度と声を聞きたくなかった。

けれど、会ってしまえば、やっぱり恋しかった。

それが一段と惨めだった。惨めで恥ずかしくて、死んでしまいたかった。だから私は、もう終わりたくて、自分から死に縋《すが》ったのだ。

「あの終わりを作り出したのは私だった。それなのに、あなたに終わりを背負わせた。ごめんなさい、ヘルト。私、あなたを十五年間も苦しめたかったわけじゃないの。怒ってない。恨んでもいない。誰もあなたを責めやしない。もちろん、私も。だからヘルト、あなたは幸せになっていいのよ。いいえ、ならなきゃいけない。ライウス一、幸せになってくれないと、困るわ。……ごめんなさい、私があなたを苦しめてしまった」

再会して、分かった。ヘルトはどこにもいなかったわけじゃない。ヘルトはここにいた。カイドの中にちゃんといたのだ。優しい彼が好きだった。ちょっといじわるで、けれどとても温かい彼が、本当に大好きだった。

「お嬢様が謝らなければならないことは、一つも、本当に何もないんです。俺はあなたを騙《だま》した極悪人で、加害者です。被害者であるあなたが謝ることは何もないんです。俺があなたに告げられなかったのは、俺の弱さです。俺が自分で自分の首を絞め、その代償を、あなたに、払わせたんです。だから」

「ねえ、ヘルト、一つだけ教えて」

言葉を遮る。

「私のこと、好きだった?」

彼が息を呑《の》んだのが、見ただけで分かった。そして、金色が彷徨《さまよ》わなかったのも。

それだけで、本当は充分だった。

「…………身分が違いすぎることは分かっていますが、それでも、心より、お慕い申し上げております」

身体が震える。心の臓の更なる奥から歓喜が湧き上がった。

「私もよ、ヘルト。私、本当にあなたが好きだった。初めて誰かを好きになった。それがあなたでよかったと、今では思う」

そう告げても、彼の表情はこわばったままだ。私も、きっと同じ顔をしている。

「だから、ちゃんと、お別れしましょう」

偽りで始まった恋だった。せめて最後は真実で終わりたい。


何かを言おうとした彼は、その口を閉ざし、頭を下げた。

「…………畏《かしこ》まりました、お嬢様」

その姿に苦笑する。男女の別れ話で、膝をついて首を垂れてどうするのだ。

「ヘルト、立って。ちゃんと、対等に話しましょう。言葉遣いだって、カイドでいいのよ」

「……かなり頑張ってお嬢様にあの口調で喋《しやべ》っていたのに、酷いことを仰《おつしや》いますね」

「ヘルト」

「ヘルトならこれで問題ありません」

まあ、それもそうだけれど。

立ち上がった彼はやっぱり背が高い。見上げた金色の向こうに、白い月。

隠れてこそこそ付き合った私達が一緒にいられるのは昼間だけだった。たぶん、一番ロマンチックな状況は今なのだろう。それが別れ話なのだから、苦笑するしかない。

「……これから、どうされるんですか」

「予定通り、修道女になります。今まではライウスの未来だけを祈るつもりだったけど、今度からはあなたの幸せも全力で祈ることにするわ」

「墓を、移動させましょうか？　そのほうが、きっと彼らは喜ぶでしょう。少なくとも、毎年俺に参られるより……お嬢様の墓以外は、酒瓶を地面にぶっ刺してるだけですし」

思わぬ申し出に瞬《まばた》きする。それは、ありがたいけれど、そんなことしていいのだろうか。

「元々、俺が退任するときに移動させるつもりでしたから……ですが、一つだけお許し頂きたいことがあります」

「え？」

「あなたの墓標は、俺に残して頂けないでしょうか」

彼の視線は私を通り越して、一番端にある石を見ていた。

「そんなことでいいの？」

「……お嫌ではありませんか？　ご家族とも離れてしまいます」

「それは、いいのだけど……今更だけど、この下にある亡骸《なきがら》、首はあるの？」

「両方、丁重に葬りまし、た」

最後、何かを思い出したというように顔を背けた彼を下から覗《のぞ》きこむ。じっと見上げていると、何度か視線を彷徨わせたけれど、結局観念して白状した。

「………髪を一房、頂きました」

「え、やだ、私あの時お風呂《ふろ》入ってなかったし、煤《すす》けてたわ！　あ、洗って、洗って持ってて！」

「そういう問題ですか？」

「だって……」

誰が好きな人に汚れた髪を持っていてもらいたいと思うのだ。しかも多分、首を落とされた後だから血塗《まみ》れだったはずだ。……それを考えると洗ってくれただろうか。そのまま持っていたら、さすがにちょっと……ちょっとどころか号泣ものの案件だ。

お互い目が合って、なんだかおかしくなって苦笑する。昔はこうして目が合えば幸せな気持ちで微笑み合ったのに、今は苦笑ばかりだ。

「ヘルト、今までたくさん、ありがとう」

ごめんなさいと言おうとしたけれど、多分、一度言ってしまえば謝罪合戦となる。しかも勝者不在となるのは目に見えているから、飲みこんだ。カイドもそうと分かっているのだろう。私のお礼を、複雑そうな顔をしながらも素直に受けてくれた。

「はい、こちらこそ……お嬢様、食事はきちんと取ってください。腹いっぱい食べても、それこそ誰も怒りはしないんですから」

「……善処します」

手を差し出したら、大きな手が握ってくれた。お互い震えていたけれど、見ないふりをした。

「……お嬢様」

「なあに？」

「もし、もしも俺にも来世があったなら、その時はもう一度……いいえ、今度こそ、告白しても宜しいですか」

ぱちりと瞬きするけれど、どうやら冗談ではないらしい。

繋《つな》いだ手の力がぎゅっと増した。

「その時の返事が『はい』かどうかは分からないわよ？」

ちょっと茶化すと、彼はふわりと笑った。

今の生になって初めて見た、柔らかい笑みだった。溢《あふ》れだしたヘルトに痛む胸は、泣きだしそうなほど温かい。この熱で死ねたのなら、これ以上の幸福はないだろう。

「全力で口説かせて頂きます」

「お、お手柔らかにお願いしま」

「嫌です」

「せめて最後まで言わせて」

握り合った手を離す。最後まで指の腹が互いに触れ合っていて、未練がましさに苦笑する。互いに、未練だ。けれど、無念ではない。

割り切れたらよかったね。あれは致し方なかったとからりと笑えたら、どれだけよかったか。過去と呼ぶには近すぎて、因縁と呼ぶには、恋しすぎた。

お互い、面倒な性格だったね。強引に相手を奪うには臆病《おくびょう》だったし、じゃあしょうがないねと諦《あきら》めきるには、どうにも執念深いようだ。恋をしたのは彼が初めてだったから知らなかった。怨霊《おんりょう》になる前に知れてよかった。

指先が離れ、最後にかちりと爪が擦れあう。

「さようなら、ヘルト」

「さようなら、お嬢様」

私達の代わりに、木々だけが泣いていた。


続ける会話を持たない私達は、無言でお墓に背を向ける。帰ろうとした私達の耳に、誰かが草むらを掻《か》き分《わ》ける音がした。カイドはさっと私の前に立って、剣に手を当てる。

ランタンの明かりが揺れて、影を伸ばしていく。

「旦那《だんな》様！」

駆け込んできたのはカロンだった。酷く慌てて、髪に葉っぱがついているのにお構いなしだ。

慌てて何かを言おうとしたカロンは、カイドの後ろにいる私を見て目を丸くした。

「旦那様、いくらシャーリーの所作があの御方に似ているからといって、ここはっ……これは、幾らなんでも無礼です」

「後で聞く。それより、どうした」

眦《まなじり》を吊《つ》り上《あ》げたカロンは、促されてはっとなる。

「使用人の食事に毒が混ぜられていたようで、ティムが！」

「なに？」

カイドの声が急速に険しくなった。

どうして、そんなことに。だって、ついさっきまで一緒に夕食を取っていたのに。

「ティムが食べていた焼き菓子に入っていたようです」

「容態は」

「すぐに吐かせて医務室に。命に別状はないとの事ですが……サムアが入れたのではと騒ぎになっております」

思わず顔を見合わせた。

「最初は料理人かと詰め寄られていたんですが、それならば全員の食事に入っていたはずです。それなら一番近くにいた人と……」

確かにティムの指導はサムアが行っていたから、いつも大体一緒にいた。食事も並んで取ることが多かったけれど、だからって、そんなことをする人じゃないと私にだって分かるのに。

喋りながら、ほぼ駆け足に近い速度で森を抜ける。既に騒ぎは広まっていて、他領の使用人達が、走り回る屋敷の使用人を摑《つか》まえては詰問していた。

カイドは舌打ちして走り出した。

「すまん、先に行く。カロリーナ、シャーリーは頼んだ」

「畏まりました」

礼をしている姿を確認もせず、カイドは走り去っていく。あちこちでカイドを呼ぶ声がする。

呆然《ぼうぜん》と立ち尽くした私の背を、カロンが軽く叩《たた》いた。

「あなたは医務室に行ってあげなさい。ジャスミンが憔悴《しょうすい》して、倒れてしまったの」

「ジャス、ミン」

弾かれたように走り出す。後ろでカロンが驚いた声を上げていたけれど、ふりむく余裕はなかった。しかし、前も今も全力疾走するという経験がなかったため、すぐに速度は落ちたけれど、一度も止まらず走り続けた。


脇腹を押さえて医務室に駆け込む。六つあるベッドの一番奥と、反対の列の一番手前のカーテンが閉まっていた。

一番手前で診断書を睨《にら》んでいた医師に詰め寄る。

「先生、ティムとジャスミンは」

「大丈夫だから、そんな酷い顔色して駆け込んでくるんじゃないよ。あんたまで倒れて仕事増やさないでおくれよ」

四十半ばに差し掛かった女医は、分厚い眼鏡を上げて、睨みあっていた診断書から視線を上げた。

「ティムはサムアがすぐに吐かせたし、そんなに強いものじゃなかったから、すぐに良くなるよ。ジャスミンは……鎮静剤打ったけど、ありゃあすぐに起きるね。あれだけ興奮してたら薬も効かない……噂《うわさ》をすれば、起きたかな。あんた同室だったね。ちょっと宥《なだ》めてやっておくれ」

カーテンの向こうで呻《うめ》き声がして、慌てて中に入る。

「ジャスミン、シャーリーです。入ります」

中に入ると、さっきまで話していた彼女と同一人物と思えないほどやつれきったジャスミンがいた。起き上がろうとしているけれどうまく身体が動かないみたいで、ついた肘《ひじ》ががくがくと揺れている。

慌てて身体を支えた私の肘を、痛いほどの力が握りしめた。

「ティム、ティムが、血、血を吐いて、いっぱい、血、てのひら、真っ赤で」

「大丈夫、大丈夫です。先生が、すぐに吐かせたから大丈夫だって仰ったわ。大丈夫よ」

「サムアじゃ、ない」

「ええ、私も、そう思う」

いつもくるくると光を遊ばせる瞳《ひとみ》に、涙の膜が張る。

「後輩できたの初めてだって、ほんとに、すごく喜んでたの。俺が一人前の執事にするんだって、自分も成りたてほやほやのくせに、すごく、はりきって。いっぱい、いっぱい、裏技とか教えてやるんだって、言って。嬉《うれ》しそうで、ほんとに、いっぱい、自分が書いてたメモ、あげて」

「うん」

「ティムが血を吐いたときも、誰よりも早く、動いて」

「うん」

「毒、飲んだ後の血も、毒だから、かぶっちゃ駄目なのに、全然、気にしないで、指突っ込んで、全部吐かせて」

「うん」

「サムアじゃないぃ……」

「うん。私も、そう思う。だって、サムアはいい人だもの。凄《すご》くいい人だから、絶対、違うわ」

「あいつ失言多いの……」

「……うん、多いね」

「でも、それ、ちゃんとその人のこと見てるからで、ほんとに、サムアじゃない。料理長だって、違う。だって、いつも、一人一人見て、あの人これが苦手だから、甘くしてやれとか、あいつ肉ばっかりだから野菜食わせろとか、いつも、言って」

「うん……違うよ。ぜったい、違うわ。だから、ジャスミンは少し寝なくちゃ」

無理に起きたのだろう。ジャスミンの目はうつろだ。でも、その瞳からぼろぼろ涙をこぼして、必死に言い募る。真っ赤に擦れた肌も、充血した瞳も、引き攣《つ》るような呼吸も、全てが痛々しい。

こんな泣き方をしなくちゃいけない子じゃない。誰だ、誰が泣かせた。誰がこんなひどい泣かせ方をした。

ふつふつと怒りが湧き上がる。鈍く錆《さ》びついていた感情が、水を沸かすようにじりじりと熱を上げていく。誰が、この子ども達を泣かせ、血に染めた。こんな痛み、知らなくていい時代に生まれた平和の子達に、誰がこんな泣かせ方をしたのだ。

「嫌よ、犯人、絶対捕まえてやるんだから……それで、サムアとティムと料理長と、皆に、土下座させてやるんだから、それで、それで」

「うん……でも、サムアが戻ってきたとき、ジャスミンがそんなにやつれていたら、凄く心配してしまうわ。だから、今は少し寝ましょう。そうして、元気になったら一緒に犯人を捜しましょう、ね？」

こわばった身体を擦り、そっとベッドに寝かせると、やっぱり無理をしていたようですぐに目蓋《まぶた》が落ち始める。何度も瞬きする眦から、幾筋も涙が零《こぼ》れ落ちていく。

シーツをかけ直している様子をぼんやり眺めていたジャスミンがくすりと笑う。

「……ふふ、なんだか不思議」

「え？」

「シャーリーがいっぱい喋《しゃべ》ってる……なんだか夢みたい……それに、お姉さんみたい……素敵、シャーリー、すっごく、素敵だよ」

赤面を誘う言葉をくすくす笑いながら続ける少女は、懐かしそうに目を細める。

「ねえ、シャーリー……私がね、どうしてシャーリー好きか知ってる？」

「……いいえ。どうしていつもよくしてくれるのか、いつも不思議でした」

「不思議だったのなら聞いてくれたらよかったのに。私、シャーリーとお喋りできる話題いっつも探してたんだから」

膨れっ面の苦笑いが、子どもっぽいのにどこか大人びていて、ああこの子はこれから大人になる子なのだと気づいた。

「あのね、シャーリーが初めてここに来たとき、石を拾ったでしょう？」

「石？」

「うん、山盛りの洗濯物で前が見えなくなった子の先にあった石。シャーリー、ヒルダさんから屋敷内の案内を受けてたのかな？　ヒルダさんの後ろをついて歩いてて、そこに洗濯籠《かご》持ってふらふらしてる子が歩いてきたの。そしたらね、シャーリーその子の前にあった小石を拾って、横に置いたの。私、優しい子だなって思ったんだよ」

　そんなことで、今までよくしてくれたのか。不思議な気持ちが顔面に現れたのか、ジャスミンはそんな私の顔を見て声を上げて笑った。

「そうだよ、当たり前のことだよ。でも、当たり前のことを当たり前にできるって、凄いことなんだよ。それにね、誰も気づかなかったことを気づかせないまま、当たり前に優しいことしたシャーリーが、私大好きになったの。友達になりたいなってわくわくした。同じ部屋になれてすっごく嬉しかった」

　ジャスミンは、くすくすと笑い声と一緒に続ける。

「そうしたらね、すっごい無口でびっくりしちゃった。でもね、私お喋りだからうるさがられちゃうって思ったのに、シャーリー全然うるさそうにもしないし、鬱陶《うっとう》しそうにもしないから、訳分かんなくてもっと好きになったの」

　えへへと笑って掛布団を鼻の下まで引っ張り上げたジャスミンの瞳が、とろりと溶ける。あ、眠る、と分かった。

「サムアもティムも、他の皆も、もっとシャーリーのこと知りたがってるよ。私も、いっぱい知りたい。何が好き？　何が苦手？　どうしたらそんなに綺麗《きれい》な動作で動けるの？　パーティー、参加しないって本当？　騒がしいのは苦手？　美味しい料理いっぱい出るけど、食べるのも苦手なのかな。ねえ、何なら好き？　私、シャーリーと踊ってみたいな。私踊るのへたくそだけど、いっぱい練習するし、ワンピースなければ私の詰めるよ。あのね、まだ一回も着てないから、綺麗だから、それで、なんなら、切ったって、いいから……私ね、シャーリーにね、笑ってほしいんだ……」

すぅっと寝入ったジャスミンにほっとする。最後まで私の袖《そで》を握り締めていた指をそぉっと解き、中にしまいこむ。

眠ったのは確認したけれど、なんとなくそのまま椅子に座る。

今は確かにいろんな場所から人が押し寄せている。だからこそ、いつも以上に様々な場所の立ち入りが厳しくなっているのだ。そもそも、使用人用の食堂なんて、それこそ内部の者じゃないと入れない。入れなくても問題ない場所にあるから必然的にそうなるのだ。

でも、この屋敷で働いている人は、入念な調査の後に雇われた人達だ。当然、十五年前に処刑された人の関係者など言語道断だ。それに、ティムに毒を盛って何になるのだろう。無差別だった？　それなら尚更何のために。ただカイドの評判を落としたいためだろうか。でも、それなら一人だけを狙うんじゃなくて、もっと沢山の人を狙うはずだ。

分からない。額を押さえてぐるぐる考え込む。

ジャスミンから貰《もら》った首飾りを無意識のうちに指で弄《いじ》る。青いヒヤシンス。変わらない、『　』。

セシルは知っていたな。アデルも知った訳だし、ヒヤシンスを握り締めてカイドに特攻したらどうしよう。自分がカイドに向けるものと同じだと、何の躊躇《ためら》いもなく言い切った純粋さを、幼さと呼ぶのか、強さと呼ぶのか。

変わらない……変わらない……変わらない？

がたりと立ち上がる。

カーテンから飛び出した私に、先生はわぁと大声を上げた。すみませんと叫んで走り出す。擦れ違う人が何事かと視線をよこすけれど関わっている暇はない。

私は、一直線にカイドの許《もと》を目指した。

けれどカイドはあちこち動き回っていたからすぐには捕まらず、結局カロンを探して言付けてもらうしかなかった。

しばし廊下で待っていると、すぐに慌ただしい足音が聞こえてきた。

「シャーリー」

「旦那《だんな》様、お忙しい所申し訳ありません。至急、お伝えしたいことが」

「ああ、分かってる。カロリーナ、他の連中には執務室にいると伝えてくれ」

「畏《かしこ》まりました。お茶とつまめるものをご用意しております。旦那様はご夕食がまだですので」

怪訝《けげん》な顔をしたカロンに軽く頭を下げ、二人分のお茶を受け取りカイドと一緒に部屋に入る。中は落ちた書類が拾われることなく散らばっていた。そんな暇がなかったのだろう。

カイドはどさりと椅子に腰を落とすと、髪をぐしゃぐしゃと掻《か》き回《まわ》した。長いため息を聞きながらお茶を淹《い》れる。

「お嬢様、話とはなんでしょう」

「その切り替えは見事としか言いようがないですが……カイド、私はあなたのお嬢様よね？」

「………そう確信しておりますが」

今更何を言い出すのだと眉《まゆ》を寄せたカイドにお茶を渡して、自分もカップを持ってその前に座る。

「私の他に、記憶を持った人がいないとは言いきれないわ」

「……それ、は…………それなら、いくら現在の因果関係を洗っても出てきませんね。対象者は……十五歳前後でしょうか」

「そう思うわ」

「お嬢様、何か、記憶がある者特有の印はありませんか」

印。そんなものあっただろうか。

考え込む私を、カイドは険しい顔でじっと見つめている。確かに何か手掛かりが欲しい。現在の因果関係で割り出せない以上、今雇っている若者皆が範囲に入ってしまう。膝《ひざ》に乗せている自分の手をじっと見つめる。何かあるだろうか。手、指、足……。

「……そういえば、黒子が同じ位置にある気がするわ」

「黒子？」

そう、黒子だ。全身を確認したわけじゃないから確信は持てないけれどと付け足す。カイドは私をじっと見て、ああ、と声を上げたものだからぎょっとする。

「首の付け根に」

「足の付け根に」

ちょっと、沈黙が落ちた。

「…………首の付け根にあるの？」

「…………足の付け根にあるんですか？」

彼には見えないはずの場所を言い当てられたのかとひやひやしたけれど、自分では見えない場所のことだった。

カイドは軽く咳払《せきばら》いする。

「二か所一致していると なると、少し信憑性《しんぴょうせい》が出てきますね……お嬢様、関係者の黒子の位置、把握していますか？」

「……無理を言わないで。そもそも、私はほとんど誰とも関わっていないのよ。お客様とお会いするのも、お父様はあまりさせたくなかったようだし。私が黒子の位置が分かるほど関わっていた関係者なんて、家族と、あなたと、ウィルとそのお父様くらいだわ」

「…………ああ、ウィルフレッドですか」

低く呟《つぶや》かれた元許婚の名前に、今度は私が咳払いした。

「ウィルフレッドにしたって、黒子なんて……よっぽど目立つ位置にないと無理だわ」

「そうですね。それはおいおい考えましょう。とにかく、ティムに毒を盛った犯人を捕まえれば分かることです」

「……そうね」

サムアじゃない。カイドもそう確信しているようで、ほっとする。

会話が途切れて落ちた沈黙に、少しそわそわしてしまう。伝えることは伝えたし、お茶を飲んだらすぐに帰ろう。ジャスミンをもう一度見舞って、大丈夫なようならティムの様子も見て、会えるならサムアにも会いたい。

なんとなくすわりが悪いのはカイドも同じらしく、ちょっと無意味に指を動かしてカップを摑《つか》み、お茶を飲んだ。

私も飲もう。そして、早く帰ろう。

そう思って口をつけた私に、カイドの拳《こぶし》が振り抜かれた。


一瞬、何が起こったか分からなかった。

痛みを感じるより、熱さと痺《しび》れが先に訪れる。じんじんと熱い痺れが頬と掌を苛《さいな》む。部屋の反対側まで吹き飛んで行ったカップが派手な音を立てて割れる。まだ中身の入っていた茶器もなぎ倒され、床で砕け散った。

呆然《ぼうぜん》と、痛む頬と掌を押さえることも思いつかず、カイドを見上げる。

中腰のまま私を殴ったカイドは、まるで悪夢から覚めて抱きしめられた子どものように、ふわりと、笑った。

ごぼり。

酷く鈍い、粘着質な音がして。

カイドから噴き出した一滴の赤が、私の頬に落ちる。

すぐに片手で口元を押さえて顔を逸らしたカイドの口から、ごぼごぼと凄《すさ》まじい量の血が吐き出されていく。

「カイ、カイ、ド」

手足に力が入らない。がくりと落ちた身体を這《は》いずってカイドに近寄るのに、カイドは同じように這いずって逃げる。

「さわ、る、なっ……！」

しかし、追った私から必死に距離を取っていたカイドの身体がぴたりと動きを止めた。そして、汚れていない手を伸ばし、引いた裾《すそ》で私の頬に落ちた血を強い力で拭《ぬぐ》う。

ほっとしたように微《かす》かに笑い、またごぼりと吐き出された真っ赤な色に、今度こそ弾かれたように立ち上がる。

「だ、誰か、誰か、先生を、誰か！」

「旦那様、何の音ですか、っ、旦那様ぁ！」

駆け出そうとした私と、他の人達が飛び込んできたのは同時だった。そして、中の惨状に息を飲んだ。

「旦那様ぁ！」

「誰か医務室に行け！　早く！　血にはできるだけ直接触るな！」

「旦那様、しっかりしてください、旦那様！」

「全部吐いてください、早く！」

「旦那様、旦那様ぁ！」

「毒見はどうした！」

部屋の中にどんどん人が押し寄せてくる。その度に、壁際まで後退する。

「お出しする時は必ず直前にしています！」

「器か⁉」

「器も全て洗ってお出ししています！」

カイドとよく一緒にいる男の人が、凄まじい形相で私に摑みかかる。

「貴様ぁあああああああ！」

「待て！　まだその娘と決まったわけではないぞ！」

「乱暴は、乱暴はやめてください！」

まるで彼こそが狼と言わんばかりに瞳《ひとみ》をぎらつかせ、喉奥《のど》まで見えるほど大声で食らいついてきた人に胸倉を摑まれたまま揺さぶられる。何かを怒鳴っているのに、聞こえない。

カロン達が彼の腕にしがみつき、私と彼を引き剝《は》がす。その勢いで叩《たた》きつけられて壁にぶつかり、ずるりとしゃがみ込む。ぼさぼさになった髪の隙間から、慌ただしく叫ぶ人々の合間から、カイドが見える。

もう吐くものが何もないのか、空で噎《む》せこんだ身体が、血の中に頽《くずお》れた。

世界が赤い。かつてこの地で、赤の中で全てを失った。あの赤が、また、この地を彩る。あんなに熱くないのに、身体の血の気が全部失われていくほど寒いのに。

また、あの赤が。

「いや……………」

伸ばした手が震えて、身体に力が入らない。

血で汚れるのも構わず必死に吐かせようとする人にされるがまま、薄く開いた金色が私を見て、ゆっくりと指を伸ばす。

その指までもが、血の海の中に、落ちた。

「いや……」

「立て、立て貴様、旦那様に何をっ……おい」

カロン達を振り払い、再び私に摑みかかった男の狼狽《うろた》えた声がする。

「いや……」

明日食べるお茶菓子の話で笑っていた家族が。

白亜の城のような屋敷が。

美しく保たれていた庭が。

大好きだった彼が。

赤の中に消える。

赤が、あの赤が。

また、彼を、連れていく。


ぶるぶる震える手でさっき彼が拭った場所に触れる。そのまま爪を立て、ぎりぎりと握りしめるのに、ちっとも痛くない。痛くないのに、夢じゃないなんて、あんまりだ。

嫌だ、赤が、あの赤が。

痛くないのに。

「いやぁあああああああああああああああああああ！」

赤が、痛い。


感情が壊れたように泣き叫ぶ私を、さっきまで胸倉を掴んでいた男が慌てて抱きかかえる。そのまま部屋の外に出されても、私の絶叫は止まらなかった。こんなもの、言葉ではない。獣の唸《うな》り声よりもっと原始的な、ただただ感情を世界に放つだけの咆哮《ほうこう》だ。

「本当にその娘ではないのか⁉」

「頼む！　お前なら、解毒剤を！」

「犯人を捜せ！　解毒剤を持っているはずだ！」

振り乱した髪を皮膚ごと掴み、ぐしゃぐしゃに握りしめる。壁伝いに落ちていき、頭を抱えて座り込む。

「解毒剤……」

赤が点滅する思考の中で、その言葉が回った。

解毒剤があれば、カイドが助かる。カイドがいなくならない。ヘルトが死なない。ヘルトが赤に連れていかれない。

「黒子」

黒子だ。思い出せ。昔の記憶を、覚えていなくても、他の記憶を砕いてでも掘り出せ。

頭を、顔を、掻《か》き毟《むし》りながら、ぶつぶつと呟く私は誰が見てもおかしい。おかしくていい。私はおかしいんですと何度も自己申告してきた。それを踏まえても踏まえなくても、おかしくていい。

それでカイドが死なないなら、もう、なんだっていいから。

お父様は右の耳たぶ。

ヘルトが笑う。

お母様は首の付け根。

ヘルトが笑う。

お爺《じい》様は左頰。

ヘルトがちょっと意地悪を言う。

お婆様は口元。

ヘルトが笑う。

過去を思い出そうとするたびに、ヘルトが記憶の中で微笑んでいる。やめて、出てこないで。今のあなたを死なせないためにも、お願いだから。

でも、仕方がないことだった。だって私の世界はほとんどお父様から与えて頂いた物だったから、本当にそれほど多くないのだ。その中で、初めて好いた人の記憶が大半を占めてしまった。

「黒子……黒子……」

ウィルのお父様は分からない。ウィルも、そんなの覚えがない。そもそも、そんなに多く会うことはなかったのだ。

月に一度訪れて、お茶をして、庭を少し散歩するだけだった。

『領主様がお呼びだよ』

そう言って、お茶会に現れない私を連れに来た。

『さあ、俺のお姫様。お手をどうぞ』

差し出された手を、渋々取った。

「シャーリー、休みましょう。ね？　大丈夫だから、お願いよ、休みましょう」

泣き出しそうなカロンの声に顔を上げる。

隣に視線を移せば、私を部屋の外に連れ出した男の人が屈んで手を差し出してくれていた。その胸元にはナイフが固定された帯が見える。差し出された手は素手だった。ポケットを見ると血で赤く染まった手袋が突っ込まれている。

手袋。黒子。手袋。黒子。

手袋の隙間に、黒子を見た。

ウィルと、もう一人に、それを見た。

人当たりが良くて、人好きする笑顔と性格で皆から可愛がられて、面倒な仕事も嫌な顔一つせず、むしろ率先して手伝いに行った。

まるでヘルトのような少年に、それを、見た。

「……ティム」

「え?」

「ティムが、持ってる」

男の懐に体当たりするみたいに入りこみ、ナイフを奪い取って走り出す。後ろから声がする。けれど、足は止まらない。聴覚にまで赤が染み込んでいるのか、まるで赤い水の中にいるかのようだった。音が遮られてうまく頭に入ってこない。

これはあの日じゃない。屋敷は燃えていないし、首だけになって転がっている家族は彼が作ってくれた墓標の下で、私と一緒に眠っている。

それなのに、全てが赤い。瞳に、音に、思考に、感情全てに赤が焼きついている。

途中、カイドの許《もと》に駆けつけていく先生達と擦れ違った。何かを叫んでいたけれど、全て音として判断できない。

思考も限界も、全てが赤に塗り潰《つぶ》されていく。こんなに長く走ったことなんてない。こんなに速く走ったことなんてない。我に返ればきっと転んでしまうだろう速度と体勢で、私は走った。

さっき飛び出してきた医務室に飛び込む。カイドの許に駆け付けたからか、中には医師も助手も、誰もいない。一番手前のカーテンは引かれたまま変わらない。

違うのは、奥のカーテンが開き、顔色の悪いティムが薄ら笑いを浮かべて、開け放った窓の前に立っていることだ。

「早かったな。死んだ？」

「解毒剤を、出して」

ナイフを握り締めて一歩踏み出す私に、ティムは嫌そうに眉《まゆ》を顰《ひそ》めた。

「熊殺しの毒なんだから、人なら死ぬべきだろう」

「解毒剤を出して」

「流石の狼も熊殺しには一瞬だと思ったのにな……臭いも味も薄めるのにかなり苦労したんだけど」

「ウィルフレッド・オルコット！」

「怖いな、怒るなよ。そんなものないんだから」

ティム、否、ウィルフレッドは、酷薄な笑みを口元に乗せる。その口元に持っていった手は、治療のためか汚れたためか、手袋は外され、袖のボタンも外されていた。その手首にある黒子を、ウィルフレッドは無意識なのか指先で撫《な》でる。

その表情に、ティムの面影は残っていない。私の知っているウィルフレッドの面影さえ、ない。だけど、こうして喋《しゃべ》っていると分かる。

喋るときの呼吸の挟み方、次の言葉を話すまでの間。そんな些細《ささい》な場所が、造形とは違う、癖と呼ぶにもあまりにささやかな物が、変わらない。

「俺はあいつを殺せるなら、あの毒で自分が死んでも構わなかった。だから、そんなもの最初から持ってきていない」

「……嘘《うそ》よ」

「本当さ。本来は即死だから必要ないともいえるけど、そんなもの持っていて、万が一助かられでもしたら嫌だろう？　それにしても」

目が細められ、日に焼けていない手が私を指さした。

「切っ先を向ける相手が違うだろ。いくら世間知らずのお姫様でも、自分を殺した相手くらい分かるだろう」

「いま、カイドを殺そうとしている相手を間違ってはいないわ」

「君にはがっかりだよ。初めて、初めて俺と同じ相手を見つけて、それが君だった時の俺の喜びが分かるか？　君の首に黒子を見つけた時の俺の喜びを。あの頃の君とは似ても似つかない瞳でここにいる君に、俺は歓喜したよ。ああ、君も俺と同じ気持ちだと。君もあの男に俺達と同じ苦渋を嘗《な》めさせたいのだと。なのに、君は何をしているんだ。ただあいつを赦しにきただけか？　あいつに救いでも与えるつもりか？　俺達を殺した相手に？　あんな弱小貴族に何もかもを奪われたこの地で？　おかしいんじゃないか」

それはあなたのほうだと思った。その通りだとも思った。どっちでもいいと、思った。

そんなものは全てどうでもいいから、解毒剤の在り処を吐け。

懐から取り出された二つの瓶に対し、あからさまに反応を示した私をせせら笑う。

「そんなもの欲しそうな目で見ても、これは解毒剤じゃない。別の種類の毒だ。致死に至らせることは難しいけれど、揮発性だから便利なんだよ。弱った者だと吸い過ぎなくても後遺症は残るだろうね。後、こっちは別に毒じゃない。ただの硫酸だ」

「……それで、私が怯《ひる》むと思いますか」

「昔の君には効いたかもしれないけれど、今の君には無理なようだ。だけど、君は今から俺側につく。あの男を悪しざまに罵《ののし》り、この屋敷の者を嘲笑《あざわら》い、君の瞳《ひとみ》のような青い友情の証も打ち捨てていくだろうさ」

閉まった小瓶の先で胸元の首飾りを示されて、眉を顰める。彼はこの十五年で催眠術の方法でも手に入れたのか。そうでもなければ到底あり得るはずがないと分かっているはずのことを、何を楽しげに。

そう怒鳴りつけようとした私の背後で、小さな声がした。

「………………シャーリー？」

寝ぼけて、少しぼやけた声に弾かれたように振り向く。

服を少し緩めて楽な格好になったジャスミンが、よろめきながらカーテンから出てきて、目を見開く。

　彼女の眼には、毒を盛られてやつれた顔をした同僚にナイフを突きつける女が映っている。女は、髪を乱し、服を乱し、血走った眼をしているだろう。どう見ても尋常ではない様子だ。

「た、助けてください、ジャスミンさん！　シャーリーさんが変なんです！」

　震え声を出し、まるで眩暈《めまい》でも起こしたかのようにふらついて窓枠に凭《もた》れかかる『ティム』に、ジャスミンが悲鳴を上げる。

　窓枠に倒れた『ウィルフレッド』の手が、ガラス瓶を揺らす。

　あれはどっちの瓶だった？　いや、どっちでも変わらない。弱い毒でも、これほど顔色が悪いジャスミンが吸ったらどんな影響を及ぼすか分からない。酸なんて、以《もっ》ての外だ。

　自ら呷《あお》った毒で顔色が悪く、真白くなった唇が薄ら笑いを浮かべる。

「実はもう一つ瓶があったんですが、仲間が持っていってしまいました。俺が合図をしたら、井戸にぶち込みますよ……ジャスミンさん、逃げてください、ジャスミンさん……」

　小声で言い足した後に、弱弱しく口にする言葉の白々しさと言ったらない。さっきは助けてくださいと縋《すが》ったのに、今度は逃げてくださいときた。

　こんな男だっただろうか。よく覚えていない。よく、知らないのだ。

　今なら分かる歪《いびつ》で醜悪な楽園に囲われていた私の許婚になる男なのだから、元からこんな男だったのかもしれない。それともこの十五年で培ったものなのか。

　どちらにしても、私が取れる手段は、忌々しいほどに残されていなかった。

ナイフを逆手に持ち替え、弱弱しい『ティム』の髪を摑《つか》む。小さく恐ろしげに呻《うめ》いた声に鳥肌を立てながら、曝《さら》け出《だ》した首元にナイフを突きつけた。そして、冷たく、冷酷に、かつて処刑台の上で領民を見下ろしたような目で、ジャスミンを見る。

「近づかないでちょうだい」

声は、震えなかった。

ばたばたとたくさんの足音が続く。

イザドルが、カロンが、サムアが、見慣れた人達が、一様に私を見て息を呑《の》んだ。「ティムっ！」と、悲鳴を上げたのは、隣の部屋のメイドだ。おいしいお菓子のお店を見つけたからと、隣の部屋の私達にも分けてくれた、優しい子だった。

「シャーリー、何が、どうして」

少し見ない間に一気にやつれ、いつもはしっかり上げている前髪が下りたサムアに、そんな姿を見てもほっとする。解放されたのか。それなら、よかった。

心底そう思うのに、今日一日でやつれきった皆に私が渡すものは、休息でも癒しでもない。

裏切りだ。

「もう、うんざりだったのよ。ジャスミンも、あなたも、ティムも、うるさいったらありはしないわ。……それに、あの、男も」

堪えきれなかったのか、薄ら笑いを浮かべたウィルフレッドの髪を強く摑む。今度は本気で呻いたけれど、まったく嬉《うれ》しくない。このナイフで切りつけてやれたら、どれだけよかっただろう。

ひどく粘つくのに、渇き切った口内で、必死に舌を動かす。

「どうせくれるなら宝石でもくれればいいのに、よこすのは飴玉《あめだま》や焼き菓子ばかり。私、こんな場所でくすぶっているような人間じゃないの。もっと、上に、上、で、お金持ちに、なって、誰もが羨《うらや》む、幸せな暮らしをするの」

嘘よ。

「使用人如きと関わったって何の得にもならないから、本当に嫌だったわ。煩わしいばかり」

嘘よ。

「あの男が手に入らないなら、次期領主様でもいいと思ったのに、あの男、それを邪魔するのよ。そればかりか、私を、首にしようとしたわ。だから殺してやったのよ。ティムに毒を盛ったってことにしたらサムアも一緒に始末できるし、友達二人なくしたら、うるさく付きまとってくるあなたも静かになるでしょう?」

嘘、よ。

酷く憔悴《しょうすい》していたのに、更に青褪《ざ》めたジャスミンの足がふらつく。弾かれたように飛び出してそれを支えたサムアは、これだけの現場を見ても未だ信じられないと、顔いっぱいで困惑を露《あら》わにしている。

「ねえ、メイド長。あの男は死んだかしら。熊殺しの毒を使ったの。死んだわよね。だって、熊殺しの毒ですもの。ねえ、イザドル様。私達の邪魔をしていたあの男はいなくなりました。これで、私を見てくださいますよね？」

　何かを言おうとしたイザドルが口を閉ざす。そして小さく何かを呟《つぶや》いた。ここからでは見えないけれど、近くにいる誰かに違《たが》えることなく伝えてくれたはずだ。

　困惑を浮かべたカロンに、心の中で謝罪する。本当は、此処《ここ》を去る前に、あなたにだけでも伝えたかった。私はカイドを恨んでいないし、もう、いいのだ。少なくとも、私に関することでカイドを責める必要はもうないのだと。

　伝えたかった。

　後ろに人が集まらない内に、毒にやられて弱り切った『ティム』を窓の外に突き落とす。ここは一階だから突き落としても問題はないし、怪我人を運び入れやすいように窓が低く大きい。

　後に続いた私に、この一か月、何も楽しいことはなかっただろうに、いつでも嬉しそうに私を呼んでくれた声がかかる。

「シャーリー！」

　ぐっと唇を噛《か》み締《し》めて、窓を越えると同時に振り向く。

「うるさいわね。きゃんきゃん叫ばないでよ。一々大声出さないと伝えられないの？　そう言うところが嫌いなのよ。うるさいったらないわ。聞くだけで喉《のど》が渇く。誰か、井戸に行って水でも汲《く》んできてくれないかしら？　ああ、ジャスミン、あなたが行ってくれてもいいのよ。そして、そのまま落ちてくれたら静かになるわね」

　真っ青になり、歯をかちかちと鳴らしているのに、涙は流れていない。そうね、泣けないよね。

何故か、悲しすぎると、痛すぎると、泣けなくなる。

私は指をゆっくりとずらし、首飾りの鎖にかけた。ぶちりと、簡単に鎖は切れた。ぐしゃりと、光のような瞳が歪《ゆが》む。

「これも、置いていくわ。ここに、置いていくから。そうね、カイドの許にでも供えてやればいいわ。壊れた首飾り。あの男には似合いの花でしょう」

桟に置いた花を指先で弾き落とす。かつんと小さな貝殻のような音が響くのを最後に、私は『ティム』にナイフを突きつけてじりじりと後ずさる。

呆然《ぼうぜん》と私を見つめる瞳の中に、知った瞳が幾つもあった。私の知らない十五年間を、カイドと一緒に過ごした人達。再びこの地に戻ってきた彼らに見張られているのだと言ったカイドは、どこかほっとしたようだった。

「カロン」

傍にいた理由はどうであれ、カイドがカイドである以上絶対に裏切らない彼らの存在が、混迷したライウスでどれほど彼の救いになっただろう。

窓から広がる明かりが届くぎりぎりの位置まで下がり、口角を吊《つ》り上《あ》げる。

「ヘルトを、お願い」

「…………お嬢様？」

見知った瞳が見開かれると同時に背を向ける。

「さようなら」

「待って、シャーリー、待ってぇ！」

「ティム！　待て、ティムを返せ！」

悲痛な叫び声が、駆け出した背中に突き刺さった。

けれど、私とウィルフレッドは一度も振り向かず、闇に消えた。


どうせ屋敷の出入り口は塞《ふさ》がれている。逃げ場なんてない。うろちょろしていたら矢で射貫いてくれるかもしれないと期待していたのに、ウィルフレッドはさっきまで脅えた子犬のようだった顔を、にたりとした笑みに変えた。

「こっちだ、おいで」

「……本当に、解毒剤は、ないの」

「ないよ。万が一でも助かられると、腸《はらわた》煮えくり返るじゃ済まないんだよ。それこそ、一度殺したくらいじゃ足りないくらいなんだから」

奪われたナイフを背中に突きつけられ、渋々走る。もう、脇腹が痛い。吐き出す息に棘《とげ》でもあるんじゃないかと思うくらい喉も痛い。

どこに行くんだ。どうせどこにも逃げられない。もし誰かが矢を構えてくれるなら、合図なんて出させる前に羽交い締めにして、一緒に射貫かれるのに。

外なら揮発性の毒もすぐに風に流れるはずだし、硫酸は、投げさせさえしなければ被害は一番近い私だけで済むはずだ。合図さえ出させなければいい。

身体の陰で何度も拳《こぶし》を開いては閉じる。勝負は一瞬だ。ああ、でも、口笛だったらどうしよう。腕を噛ませたらいいかもしれないけれど、片腕だけでは押さえ込めなくなってしまう。

幸い身長は同じくらいだから頭突きがいいだろうか。入れられるなら拳でぶん殴れたらいいけれど、効かなかったら意味がない。指なんて折れていいから、全力で殴れば少しは効くだろうか。

走りながら、あちこちで上がる怒声の向こうにあるはずの明かりに意識を向ける。

カイド。ヘルト。

ああ、どっちでもいいよ。どっちでもいい。あなたが望む方のあなたでいいから、お願いだから、どっちでもいいから、生きていて。

嫌だ。来世にまたねと約束しても、まだ、早すぎる。こんなまたねは望んでいない。

「ははっ！　革命によって領地を手に入れた領主にはふさわしい最期だな！」

子どもが浮かべるにはあまりに酷薄で歪んだ笑みで、声を上げて笑う姿に、赤と鉄錆《さ》びの臭いが蘇《よみがえ》る。大量の血を吐きながら、私の頬についた一滴の血を心配した彼の姿が。

「……ウィルフレッド・オルコット。もし、もしもカイドが死んだら、私はあなたを絶対に許さないわ」

「それは不公平だ。だって君は、家族も君自身も殺した男を赦したじゃないか。まあ、それは後でゆっくりと話し合おう。ここを出てからね』

「出られるはずがないわ。門は全て閉ざされているもの」

日常ならまだしも、こんな事態が起こった状況で、逃げだそうとする二人の使用人を門兵が通すわけがない。たとえどちらかが人質に取られていたとしても、逃がすわけがないのだ。

それなのに、彼はにたりと笑った。

「俺達で通れないなら、通れる人と一緒に出ればいいんだよ。世間知らずのお姫様」

眉《まゆ》を顰《ひそ》めてその言葉の真意を辿《たど》ろうとして、気づく。

ここは客人が乗ってきた馬車を集めている場所だ。その中で一等巨大で、斜めに傾いている馬車の前で立ち止まったウィルフレッドは、『何故か』鍵《かぎ》が開いている大きな扉に手を掛けた。夜だと言うのに『何故か』一つだけ馬が繋《つな》がれている馬車は、あっさりとその口を開いていく。そして、中にいる肉の塊を見て、ようやく分かった。

今日は、比較的穏やかな日だった。

夕飯までの揉《も》め事《ごと》といえば、ダリヒ領領主ジョブリンが、目の前の男が、些細《ささい》な段差で転んで起き上がらせるのに苦労したことだけだった。

「して、首尾はどうじゃった？」

「飲ませたは飲ませたんですが、熊殺しの毒でも即死しませんでした。何です、あれ。あいつ化け物ですか？」

「けだもの貴族はゴミを喰らって生き延びた故に、腹が異様に強いのであろう。ご苦労。世の馬車に乗ることを許そう」

「は」

ジョブリンの前に座っていたダリヒの使用人が立ち上がり、椅子の下を蹴《け》り上げた。そこはぱかりと開き、狭い空間が現れる。使用人はそこに潜ると、更に奥の板を外した。

「女性からどうぞ?」

まるで貴族の令嬢をエスコートするかのように、優雅に手を向けたウィルフレッドが忌々しい。

舌打ちとはこういうときにするものなのだと、理解した。

「……………こんな騒ぎの後すぐに馬車を出したら、自分達が犯人ですと暴露するようなものよ」

「それでも、他領の領主に明確な証拠もなく詰め寄れないのが泣き所なんだよ。さあ、早く入って。それとも、俺が抱きかかえてあげないとお姫様には難しいかな」

あからさまな侮辱に無言で睨《にら》み上げる。ウィルフレッドは何が楽しいのか声を上げて笑ったけれど、ジョブリンは肉を揺らして頭を傾けたように見えた。首を傾げたのかもしれないけれど、肉に埋もれて首が見えない。

「おぬしがどうしても欲しいというからどんな女かと思いきや、なんのこともない小娘じゃな。陰《いん》鬱《うつ》とした顔付きな上に、肉付きも悪い。なんとも抱き心地が悪そうな娘じゃ」

「……あなたに比べたら誰でも肉付きが悪いでしょう」

「ほっほっ、言いおるわ」

肉が揺れて、馬車も揺れる。馬車ごと揺れるから、この男の動きで、世界が揺れているかのような錯覚に陥った。男は自分が齎《もたら》した揺れで皆が揺れている事実を全く意に介していない。

「どうということもない小娘なんですが、俺にとっては世界にただ一人の女なんですよ。誰も、彼女の代わりにはなり得ない。誰もが俺とは違ったように、彼女だけが俺と同じ世界を見られる。彼女だけが、俺と同じ世界を見てくれるんです」

「おぬしはいつも謎かけのようなことばかり言うの。まあ、よい。早く出るぞ」

「はい。さあ、お姫様、中に入ってください」

「……嫌よ」

閉じられた扉にちらりと視線をやった私に肩を竦《すく》めたウィルフレッドは、扉の前に半歩ほど身体をずらしながら、馬車に備え付けられた棚を開けた。きつく蓋《ふた》をした瓶の中に布が入っているのを見るや否や、身を翻して距離を取る。けれど唯一の入口前を陣取られた以上、他の場所より広いと言っても所詮《しょせん》馬車だ。すぐに壁にぶち当たる。

ダリヒの使用人の男が私を後ろから羽交い絞めにして押さえ込む。

「放せっ！」

さっき『ティム』にしたように髪を掴《つか》まれ、無理やり上向きにされる。更に言い募って暴れようとした私の鼻と口が、湿った布に包まれた。

「あなたがこんなにお転婆だったと知っていれば、乗馬にでも誘えばよかったかな？　でも、君のお父上のご機嫌伺いは面倒だったから、死んでもごめんだけどね」

私だって死んでもごめんだと言いたかったのに、薬品くさい布から流れ込んできた何かによって、急速に意識が失われていく。

カイド、と、呟いた言葉も布に吸われ、世界に放つことはできなかった。

雨の音が止まない。

酷い雨がもう二日も降り続けている。

領主が毒殺されかけたような領地にはいられない。

そう言い張って屋敷を飛び出してきたダリヒ領一行は、季節外れの嵐に足止めを食らい、未だライウスを抜けられないでいる。

大きな宿もないような田舎町で足止めをくったジョブリンは、その巨体を揺らしながら常に苛立《いらだ》っていた。彼の身体に合う部屋がない為、納屋のように入口の大きな建物を使うしかなかったのも腹立たしいらしい。そんなことに腹を立てるくらいなら、自分の腹を減らせばいいのに、そうは考えつかないらしく、ここに来るまでに買い集めた菓子を、片手で鷲摑《わしづか》みにしては水のように飲みこんでいく。

母が、あの男は汚らしいから嫌いよといつも嫌がっていたのはこういうことだったのかなと今更知る。

納屋の近くには時計塔があり、毎日六時間ごとに鐘を鳴らして時を知らせる。

さっき鐘が鳴ったから、夜が明けたのだろう。雨が吹き込まないよう固く閉ざされた窓に寄りかかって雨の音を聞く。

この部屋には私とジョブリンと、三名の使用人だけがいる。元々使用人全てが収まりきる場所ではない。他の使用人は、哀れにも時計塔で過ごしている。町中に轟《とどろ》く一日四回の鐘の音は、間近で聞くにはつらいだろう。ここも近いとはいえまだ同じ建物ではないため、中で反響する音に飛び上がることはない。

ウィルフレッドは、ふらりとどこかに出かけては何かしら情報を集めて帰ってくる。そして毎回、肩を落として呟《つぶや》く。

『まだ死んでない』

その言葉だけが、私の救いだった。

彼とはあれ以来、あの話をしていない。ジョブリンとの会話で、どうやら彼がウィルフレッドだと話していないと気づいたからだ。

「愛らしくねだれるのなら、おぬしにも分け与えてやるぞ」

体温で溶けたチョコレート塗《まみ》れの手で、箱に入った残りのチョコレートを示してくるジョブリンを、まるで汚らしい物のように見る。汚らしい物のようにも何も、べろべろと舐《な》めて涎《よだれ》だらけの手は充分に汚らしかった。

朝食を食べたばかりなのに、もうお腹が空いたらしい。雨と風の音が強くて早くから起きていたからというのもあるだろう。けれど、一日中何かしら食べているので関係ないのかもしれない。

「近寄らないでくださいますか。同じ部屋にいるだけで吐き気を催しそうなのです。もっとご自身の汚らしさを自覚してくださらないと、豚小屋にいる豚のほうが、まだ礼儀があります」

「ほっほっ、田舎娘が言いよるわ。いっぱしの令嬢のような口をききおる」

「あなたがご立派な領主様のような口がきけないだけでしょう。ご自身の無能を私の所為にされても困ります」

肉の塊は、巨体を揺らして笑う。

そして、不意に表情を消す。

「世を怒らせて何を聞きだしたい、小娘」

怒り狂った猪《いのしし》の如く突進して、そこの窓なり入口なりを破壊してくれたらいいなとは思っているけれど、それは無理だろうとも分かっていた。ジョブリンの体型なら充分な力を発揮できるだろうが、座っているだけでも重たそうな身体をいちいち持ち上げて突進してきてはくれないだろう。来てくれるならいつでもいいけれど、今の所動く兆しすらない。滅多に立ち上がらないから、望みは薄い。

表情を消した男とは反対に、私は笑みを深めた。

「あなたこそ、田舎娘を侍らせて何を聞きだしたいのですか」

会話に足る相手だと判断してもらえたようで何よりだ。

この男は、見た目の不用心さとは違い、周到な野心家だ。そうでなければ、他領を虎視眈々《こしたんたん》と狙いながら、長い間領主を務められるはずがない。この数日の間に、私との会話を無意味な物と結論付けなかったらしい男は、窓から身体を離して背筋を伸ばす。

男は肉で膨れ上がった顔の中、異様に小さく見える目を、分かりづらく細めた。

「あの食えないティムといい、おぬしといい、ライウスの若造といい、最近の子どもは恐ろしいの。肝が据わりすぎておるわい」

「お褒めに与《あずか》り光栄ですが、あなたに褒められてもなんら嬉《うれ》しいことはございません」

「いやいや、末恐ろしいものよ。最初はつまらぬちんけな田舎娘と思うておったが、ティムのように食えぬ男が譲らぬと言ったからの。これは面白いと乗って正解であった」

見ようによっては円《つぶ》らに見えないこともない瞳《ひとみ》が、じっと私を見下ろす。

「あの狼領主も手なずけたか？」

「狼は人に懐かないから狼なのですよ。人に尻尾《しっぽ》を振るようなものは狼ではなく犬です。そのようなこともご存じないのですか」

そして、尻尾を振らずに人に懐くのなら、それは犬でもなんでもなく。

ただの、人間だ。人が人として人を好きになる。ただそれだけのことだ。

だけどそれを教えてやるつもりはない。彼は人間なのだと、そんな考えなくても分かるようなことが分からない者には、教えてもどうせ分からない。そして、人は人扱いできない人間こそが、人ではないのだ。

ころころと笑い飛ばせば、ジョブリンはふんっと鼻息を噴いてチョコレートを鷲摑みにした。体温で溶けたそれを気にせず口の中に放り込み、手についた分を嘗《な》め取っていく。

「一度でも手がついておればのぅ。適当な黒髪の男を見繕って子どもでも産ませ、後ろ盾につくところじゃが。惜しいことよの」

外道なことをチョコレートの種類のようにさらりと言い切る。目的のためには手段を選ばないこれが、ダリヒの領主。かつての父と同じくらい醜悪で、格段に狡猾《こうかつ》な男だ。

「泥臭い田舎娘など選ばずとも、幾らでもお相手がいらっしゃる方ですから。用がないのでしたら帰らせて頂いても？　言付けなら承りますが」

「まあ、そう結論を急《せ》くこともあるまい。なに、嵐が去ればじきにダリヒにつく。そうすれば、ゆっくり考えることもできるであろう？」

「考えることなど何もございません」

分厚い舌でべろりと指を舐め上げた男は、おかしそうに身体を揺らした。

「会場に、ドレスに、料理に、招待客。いくらでも考えることはあろう？　田舎娘であろうと、結婚には夢を持っていいのだぞ。なに、安心するがよい。世が惜しみなく援助してやろうぞ」

一瞬、何を言われているか分からなかった。私はどんな顔をしていたのだろう。呆《ほう》けた阿呆面《あほづら》だったのか、真顔だったのか。

判断はできなかったけれど、相手を笑わせるには充分だったようで、ジョブリンは機嫌が良さそうに巨体を揺らす。

「…………は？」

かろうじて絞り出した言葉に、ひょうひょうと肉塊が笑う。

「世にもちょうど年頃の孫娘がおっての、あれに惚《ほ》れておるから身内としては応援してやりたい思いじゃが、やはりこういうことは本人の気持ちが一番大事だからのぉ。あれが、どうにもこうにもおぬしでないと嫌だと言い張るのでな、世も若者の恋を応援してやりたくなってなぁ」

さっきは適当な黒髪の男を見繕って子どもを産ませたかったと言った口で、今度は恋の応援ときた。

ジョブリンもウィルフレッドも、二枚舌とはこういうことを言うのだろうと身を以《もっ》て教えてくれる。でも、私だって変わらない。私だって、平気で嘘《うそ》をついた。大事なことを嘘にして、矛盾ばかりで生きてきた。


屋敷を出てから、ずっと考えている。今も雨の音を聞きながらずっと考えていた。

屋敷を出たときの皆の顔を、ずっと思い出していた。

悲しそうだった。苦しそうだった。痛そうだった。それだけじゃない。今の生での皆の笑顔は、苦笑が多かった。優しい人はたくさんいた。親切な人も、穏やかな人も。その人達は私を見て、寂しそうに笑った。

その顔を思い出しては、考える。

もしかすると私は、この十五年間すべて無駄に生きてきたのかもしれない。頑《かたく》なであれば、私が幸せを感じなければ、それが償いになると。こう生きればいいのだろうと周りを傷つけ、心配をかけ、暗い顔をさせて。そんな頑なな自分に酔いしれて。傷つくのも、苦しいのも、悲しいのも、全て私が前の生で犯した罪のせいだと、罪の在り処を押し付けて。私は幸福であってはならないのだと周りを不幸にして、逃げてきたのかもしれない。

本当に償いたければ、本当に贖《あがな》いたければ。

自らが不幸になるように働きかけ、心痛めた優しい人達を傷つけるのではなく、罪の分だけ皆を幸せにしようとするべきだったのだ。

カイドのように、誰かの幸せを作り出すために奮闘すればよかったのに、真逆の方向を向いて、優しい人達の心を切り裂いた。あんな顔をさせるんじゃなくて、笑ってくれるようなことをすればよかったのだと、今なら分かるのに。

私はいつも間違える。間に合わなくなってから、それに気づく。

幸せになってはならないと周囲を遠ざけ閉じこもり、結局何も知ろうとはせずに。

あの頃のままだ。あの頃の、何も知らず厄災と化した私から、何も変わっていなかった。

ああ、本当に愚かな女だ。今更、今更気づいてどうする。あの優しい人達を取り返しもつかないほど傷つけ、遠く離れてしまってようやく気づくなんて。

カイド、ああ、カイド。ごめんなさい、本当にごめんなさい。

イザドル、私は足枷《あしかせ》などではない。私は呪いだった。不幸に酔って、不幸を振《ふ》り撒《ま》く、厄災だったのだ。


「のう、ティムや」

「酷いですよ、ジョブリン様。一所懸命考えた、一世一代の求婚の台詞が台無しになったじゃないですか」

「ほっほっ、勝負は時機の見極めが一番大事だと勉強になったであろう？」

いつの間に帰ってきたのか、ぐっしょり濡《ぬ》れた上着を脱ぎ捨てたウィルフレッドが肩を竦《すく》めながら髪を掻《か》き上げた。

「じゃあ、せめて口説く時間くらいくださいよ」

「ほっほっ、どうせこの雨だ。時間はたっぷりあろうよ」

「二人っきりになれないと口説けないじゃないですか。彼女は、箱入りお姫様なんですから」

「田舎娘相手に恥ずかしげもなくよう言うの。おぬしがそこまで入れ込むのは不思議であったが、うむ、面白い娘だ。よい、世の馬車を貸し与えてやろうぞ。存分に話せばよい」

「ありがたき幸せです、が、気前がいいですね」

「なに、鬱屈《うっくつ》した天気の中、それなりに楽しませてもらったからの。だが、あの馬車は帰りも使うのだから、汚すでないぞ？」

「あれ特注なんですから、そんな面倒なことしませんよ。じゃあ、行こうかシャーリー」

当たり前のように差し出された手は取らず、立ち上がる。

ウィルフレッドは片眉《まゆ》を器用に上げた。

「おや、お姫様は自分一人で立てるんですか？」

「立てるように、してもらったの」

長い時間をかけて、間違い続ける私を見捨てずに、傍に居続けてくれた人達が教えてくれた。まだだ。まだ何も返していない。まだ何も謝っていない。皆にも、あの人にも。

カイド、ごめんなさい、カイド。

私が絡みついて、あなたを溺《おぼ》れさせてしまった。不幸に溺れさせてしまったあなたを、今度はちゃんと引っ張り上げる。明るい場所へ連れていく。絶対に、連れていくから。

だからお願い、死なないで。お願いだから、間に合わせて。遅すぎたのだと、間に合わなかったのだと、言わないで。

何があろうと必ず帰るから、どうか死なないで。お願いだから、生きていて。

神様、お願いします。この先の私の幸運全てを使い果たしても構いません。何一つ運が向かずとも幸せになってみせます。もう二度と不幸は願いません。不幸に逃げたりしません。何があろうと幸せへの努力を投げ出しません。私を見た人が悲しくなるような生き方をしないよう心がけます。

だから、お願いだから、神様。

あの人を、どうか助けてください。


雨の中、馬車の群れに向かったティムは、他の三倍はあろうかという馬車はそのまま通り過ぎ、小さな馬車を開けた。あの馬車には嫌な思い出しかなかったので別にいいけれど、ジョブリンの指示には従わないのかと眺めていると中に押し込まれる。

扉が閉じられ、雨音が遮断された。天井をばたばたと打ち付ける音は響くけれど、雨の音自体はだいぶましだ。

「おそらくあれに誰か仕込まれてるだろうからな。話を聞かれたくないだろう?」

「そうね」

小さいといっても、向かい合って四人は乗れる馬車だ。それなりの広さはある。

傘など意味を成さない大雨の中で濡れた髪を払う。膝《ひざ》を向け合って座り、人差し指と中指を握りこむ。

「私を帰して」

「一つ質問がある」

人の話を聞かない男だ。まあ、私も相手の話を聞く前に要求を突き付けたのだから同類だろう。

仕方なく口を噤《つぐ》む。現在、主導権はウィルフレッドにあるのだから。

黙った私に、ウィルフレッドは人差し指で自分の膝をとんとんと叩《たた》く。これは彼の癖だ。ティムの時は一度も見なかったから、彼自身、自覚している癖なのだろう。

「お前、俺との婚約をずっと拒否してきたな。お父上にもずっと解消を求めていたし」

「あなたがこんな人だと知っていれば、もっと盛大に嫌悪感を抱きましたがそれが何か」

「屋敷では、お前があいつの弱みになればと焚《た》きつけてはみたけれど……お前まさか、あの頃既に、あいつと恋仲だったのか？」

瞬《まばた》き一つ、挙動を見逃さんとする視線に怯《ひる》む理由は、ない。

「それが、何か」

目が、見開かれた。

いくら世間知らずの馬鹿娘であろうと、貴族の娘の結婚はお家のためであると知っていた。だから、ヘルトと付き合っているなどと知れたら彼が解雇されてしまい、会えなくなると分かっていた。実際は解雇で会えなくなるどころか、彼の命すら失われてしまったのだろう。

そこまでは考えが及ばないにしても、私達は誰にも知られぬよう、隠れて付き合った。ヘルトは隠すのが上手だ、というのはそのときは知らなかったけれど、大変上手だったし、私は元々メイド達から遠巻きにされていて、親しかった人なんてごく少数だった。

数少ないその内の一人はカロンだった。カロンにだけは打ち明けていた。ヘルトに会いに行くときは彼女がいつも手助けしてくれたのだ。

だけど、だからこそ、理由もなく家のためになる結婚を拒絶する私を、父は許してくれなかった。父なりに私が一番幸せに……現状のまま、変わらぬ水準で暮らしていける相手を選んだのだろうから、尚のこと。

「は、はは、あははは！　だったらお前は、使用人どころか恋人に裏切られたということか！　傑作だな！」

腹を抱え、涙を浮かべて笑い転げたウィルフレッドは、そうねと返した私の胸倉を摑《つか》んだ。

「お前は馬鹿か。だったら尚更、何をやっているんだ」

「何も、何もしていないわ。あの人を幸せにするためのことを、まだ、何もできていない」

ばしりと肌を打ち付ける音と一緒に視界がぶれた。はたかれたのか、殴られたのか。どうでもいいことだ。

頬を打たれてずれた顔の角度を戻す。熱と痺《しび》れの後に、それを痛みだと自覚する。けれど、それがなんだというのだ。

「聖女気取りか？」

「優しいのね。どちらかというと疫病神の類よ」

切れた口端を適当に拭《ぬぐ》って吐き捨てる。彼が少し驚き歪《ゆが》めたその顔は。

歪《いびつ》な歓喜だった。

「いい顔をするようになったじゃないか。昔は悪態の一つも知らないつまらない女だったのに。不満があるとすれば、その視線を向ける先を間違えてることだな」

「……ウィルフレッド、どうして今更私なの。今の私はもう、ライウス領主の一人娘でもなければ、王族の血も後ろ盾もないただの田舎娘よ。あなた昔から、私のことが好きだったわけじゃないでしょう」

「顔と体つきは凄《すご》く好みだったさ」

変態だ。

返事のしづらい返答に黙り込んだ私に、彼はくつくつと笑った。膝の上に肘《ひじ》をつき、組んだ掌の上に顎《あご》を乗せて、私を見る。

「だって、寂しいだろ」

まるで、優しいと勘違いしてしまいそうな声音で、彼は微笑んだ。

「最早何一つとして俺達の手には戻らない場所に、記憶だけを持って産み落とされるのは、ただ屈辱でしかない。俺達は殺された無念を持ったまま、それへの称賛に育てられるんだ。なあ、お前もそうだろう。俺達は寝物語で何度殺された？　吟遊詩人の美しい歌声で、旅芸人の紙芝居で、学校の授業で、子ども達のごっこ遊びで、俺達は何度死んでいった？　その様を、何度喜ばれた？」

「……私達は正当な理由で憎まれた。真っ当な理由で罰を受けたのだから、当たり前よ」

「俺達が殺される様を、手を叩いて、歓声を上げて、誰もが喜んだ。もういない者ならばどうしてもいいといわんばかりに、してもいない罪まで擦《なす》り付けられていく。俺を模した人形で、子ども達は遊ぶんだ。首を持って振り回し、棒を打ち付け、石を投げつけ、親はそれを見て咎《とが》めもしない。投げられた石の痛みも、打ち付けられる棒の痛みも知らないくせに、その様だけは平然と再現できる」

「ウィルフレッド」

「だが、俺達は確かにここにいる。今尚、ここにいるんだ。誰が信じずとも、認めずとも、俺達はここにいる。いるんだ。まだ終わってなんていない。終わったと思ってる奴らには残らずそれを思い知らせてやる」

「ウィル！」

獣が歯を向くように唇を捲《めく》り上がらせていく様に、思わず叫ぶ。

彼は一瞬驚いたような顔をして、牙《きば》を収めた。

「もう、俺をそう呼ぶのはお前だけだよ」

当たり前だ。だって私達は違う人間として生まれてきた。

たとえ、何もかもが私達のままだったとしても。

ウィルフレッドは組んだ拳《こぶし》に額を置いて俯《うつむ》いた。

「これが遠い昔のことだったのなら、俺はきっと耐えられた。これがただの歴史として語られるだけのことなら、俺はティムとして生きられた。だけど、違うじゃないか。俺達を殺したあいつは今尚のうのうと生きていて、俺達の死を喜ぶ奴らが溢《あふ》れてる。そんな場所で、どうやって生きていけというんだ！　俺からウィルフレッドを忘れさせないのはあいつらだ！　……俺はあいつらの手でウィルフレッドになった。その責任はとってもらう」

「あなたも私も、最早滅びた箱庭の遺物よ。私達はもう充分ライウスを苛《さいな》んだ。領地を、領民を苦しめた害虫だった。ライウスを散々食い荒らし、この地を枯らしかけた。だから駆除された。ただ、それだけのことよ」

「お前が失ったものは与えられたものばかりだからそう言えるんだ。俺は全て自分で手に入れた。それを奪われた。だから奪い返す。それだけのことだ」

そんなことは、許されない。

口に出しはしなかったけれど、顔を上げた彼は私を見て、その答えを正確に聞き取った。

「あいつが殺した俺があいつを殺す。そうして、今度はあいつが生まれるのかな。そしてまた、俺はあいつに殺されるのかもしれない。そうして繰り返していくのだとしても……俺はお前を手放さない。お前はこっち側の人間だ。だって、そうだろう。お前は俺達の花だった。俺達の頂上で咲き誇る花だったんだから」

「もう、枯れたわ。だって私はライウスの徒花《あだばな》だもの。実を結ばず、季節外れに散ったのよ」

「いいや、お前はここにいる。今も、俺と、ここにいるんだ」

それは、自分に言い聞かせているように見えた。

「嫌だ。……寂しい。一人は、寂しい。ライウスの悪魔ウィルフレッドを知らない奴はいない。けれど、俺がウィルだと、ウィルフレッドだと知っているのは、もうお前だけだ。そして、俺だけがお前を知っている。この世でただ一人、俺だけがお前と同じものを知っている。お前だけが、俺と同じ地獄を生きているんだ」

俯いたまま、突如として伸びてきた手が私の肘を摑んだ。ぎょっとする間もなく引き寄せられて抱きつかれる。慌てて引き剝《は》がそうとした私の手は、肩を押したところで止まった。

震えている。腰に抱きついている腕が、胸に押し付けられている額が、まるで凍えているように。

「……寒いんだ。ずっと、寒くて、寒くて、堪らない」

震える体温が、私に伝わってくる。

「俺は、人として欠けているのか？　前の生の記憶があると思い込んで歪んでいるだけなのか？……それでもいい、それでもいいから、頼む……傍にいてくれ。お願いだから、一人に、しないでくれ」

「……ウィル、お願い、離して」

「心まで寄越せとは言わない。けれど、俺のものにならないのなら、せめて、誰のものにもならないでくれっ」

「できない、あなたとは行けないっ」

「逃がすものか！　少なくとも、あいつのものになることだけは許さない！　何があろうと、どこに逃げようと、仮令《たとえ》互いが死のうがっ、俺はお前を見つけ出すぞ！」

「ウィル！」

どちらも泣いている。泣き喚きながら引き剝がそうと、泣き叫びながら追い縋《すが》ろうと、暴れた馬車が酷く揺れた。

髪留めが引き千切れる。服のボタンが跳ね飛んでいく。お互いに身体が完成していない年だから、体格差は成人よりはない。喧嘩《けんか》慣れしていない私の力でも、体格差がないため完全には押さえ込まれない。互いに加減をせず暴れ回り、ウィルフレッドも私もぼろぼろになっていく。

首筋に嚙《か》みつかれた痛みに呻《うめ》いた私が、一瞬抜いた力に油断したウィルフレッドを、渾身《こんしん》の力で蹴《け》り飛ばす。狭い馬車内で背中を打ち付けたウィルフレッドが息を詰めた隙に、その横をすり抜けて馬車の外に駆け出す。


雨は、いつの間にか止んでいた。

朝焼けを見るには少し遅くなった空は、厚い雲を急速に晴らしていく。まだ少し強い風が、ほどけた髪とほつれた服の裾《すそ》で遊んでいった。

後ろの馬車からウィルフレッドが飛び出してきた気配がする。なのに、私は動けない。ウィルフ

レッドも私に飛び掛かってはこなかった。呆然《ぼうぜん》と世界を眺め、弾かれたように駆け出した。

鐘が、木霊する。

小さな田舎町に、夜の帳《とばり》が下りていく。町が、世界が、黒に覆われていく様を呆然と見つめる。

だって、今日は解放祭なのだ。雨でずっとしまわれ、またはひしゃげていた飾りが、青空から降りてくる光を浴びて輝く日なのだ。

なのに、一瞬夜が来たのかと思った。けれど空は、急速に雲が流れていく気持ちのよい青空で。鐘が鳴り響く。朝六時の鐘の音はさっき鳴ったばかりだというのに、鐘が鳴りやまない。

あの黒は何だ。

黒は風に揺れていた。屋根の上で黒が揺れ、窓から黒が垂らされる。道行く人は顔を覆って俯き、黒服を濡《ぬ》らしていく。祭りで浮かれ狂うはずの人々はみな俯いて、町を黒が流れていく。

足の力が抜けて、濡れた地面に膝《ひざ》をつく。

その私の前に、息を切らせたウィルフレッドが戻ってきた。さっきまで酷い顔色だった頬を、まるで普通の子どものように、ティムの、ように、上気させて。

きらきらと輝く、いっそ無邪気な笑顔で。


「今朝、カイド・ファルアが死んだよ」

晴れ渡った空を告げるように、そう、言った。

あとがき

はじめまして、こんにちは。

この度は、「狼領主のお嬢様」をお手に取って頂き、誠にありがとうございます。この作品は、ｗｅｂ小説投稿サイトで連載していた小説を加筆修正して書籍化したものです。
１、２巻構成の予定になっておりますが、書籍化するにあたり、一番悩んだのはどこを１巻の区切りにするかです。担当さんと話し合い「ここが一番区切りがいいと思います！」と言ったら「そこがいいとは思いますがひどい！」と返ってきました。２巻でもよろしくお願いします。
この作品は、短編にできるかなーと思って書き始めましたが、過去の自分にお前は無謀《むぼう》だと言わざるを得ません。

それ以外は、ほとんど迷うことなく予定していた流れをまっすぐに進んでいけた話でした。普段は、こういう流れでこんな感じにしようかなと考えていても、いざそこまで辿《たど》りつくと微妙にずれていたり、辿りつくまでの道のりに変更が生じたりということがあるのですが、この話に限っては全くなく、進んでいくだけでよかったので大変気が楽でした。

加筆部分も楽しんで頂けましたら嬉しいです。

この作品は、とても好きなテーマで書きました。好きすぎて、実はこれより以前に同じテーマで書いた話があります。どっちを書こうかと最後まで迷い、そのときは別の話を書いて「狼領主のお嬢様」はお蔵入りすることにしたのですが、私の蔵は全面開放されているらしく全然お蔵入りになりませんでした。

そのおかげでこうして書籍という形になったり、あとがきに何を書いたらいいのか分からず唸《うな》ったりしているので、縁やきっかけとは本当に面白いし、本当にありがたいものだなとしみじみ感じております。

そして、更に大変ありがたいことに、同じテーマで書いたもう一つの作品「千年の、或ル師弟」が、第十五回角川ビーンズ小説大賞で優秀賞を頂きました。

二〇一七年の冬に、この作品で角川ビーンズ文庫にてデビューさせて頂く予定です。

賞に携わられた全ての方々、そして送ってみようかなと思う勇気をくださった皆様、本当にありがとうございました。

これからも頑張ります！

担当様。いつも色々な作業を初歩の初歩から丁寧にご指導いただき、本当にありがとうございます。

SUZ様。凄《すご》く情報量の少ない大雑把なキャラ設定から、素敵なイラストをありがとうございます。いつも、凄いです、素敵です、嬉《うれ》しいですしか言えておりませんが、しょっちゅう、嬉しい嬉しいとイラストを見ては、凄い、素敵、嬉しい、しています。

読者の皆様。いつもありがとうございます。読んだよ、買ったよ、面白かったよと、お声掛けくださるので、とても嬉しいです。読者の皆様のおかげで今日も頑張っていけます。更に、スマホデビュー果たしたばかりで右も左も電源も分からなかった私に色々教えてくださり、ありがとうございます。おかげさまで、見事自力で壁紙を変更できるまでに成長いたしました。

家族へ。いつも支えてくれてどうもありがとうございます。牛乳寒天食べたいです。よろしくお願いします。

この話が出来上がり、本になるまでに関わってくださった全ての方々へ、厚く御礼を申し上げます。

これを書いているのは六月なのですが、発売されるのは八月なので夏真っ盛りだと思います。どうぞ皆様、夏バテ、夏風邪、熱中症などには充分お気をつけの上、楽しい夏をお過ごしください。

2巻でもお会いできましたら幸いです。

守野《もりの》伊音《いおん》

お便りはこちらまで

〒102－8177
カドカワBOOKS編集部　気付
守野伊音（様）宛
SUZ（様）宛

カドカワBOOKS

狼《おおかみ》領主《りょうしゅ》のお嬢様《じょうさま》

2017年８月10日　初版発行
2021年10月10日　３版発行

著者／守野伊音《もりのいおん》

発行者／青柳昌行

発行／株式会社KADOKAWA

〒102-8177
東京都千代田区富士見2-13-3
電話／0570-002-301（ナビダイヤル）

編集／角川ビーンズ文庫編集部

印刷所／暁印刷

製本所／本間製本

●お問い合わせ
https://www.kadokawa.co.jp/（「お問い合わせ」へお進みください）
※内容によっては、お答えできない場合があります。
※サポートは日本国内のみとさせていただきます。
※Japanese text only

Printed in Japan
ISBN 978-4-04-106015-5 C0093

新文芸宣言

かつて「知」と「美」は特権階級の所有物でした。

15世紀、グーテンベルクが発明した活版印刷技術は、特権階級から「知」と「美」を解放し、ルネサンスや宗教改革を導きました。市民革命や産業革命も、大衆に「知」と「美」が広まらなければ起こりえませんでした。人間は、本を読むことにより、自由と平等を獲得していったのです。

21世紀、インターネット技術により、第二の「知」と「美」の解放が起こりました。一部の選ばれた才能を持つ者だけが文章や絵、映像を発表できる時代は終わり、誰もがネット上で自己表現を出来る時代がやってきました。

UGC（ユーザージェネレイテッドコンテンツ）の波は、今世界を席巻しています。UGCから生まれた小説は、一般大衆からの批評を取り込みながら内容を充実させて行きます。受け手と送り手の情報の交換によって、UGCは量的な評価を獲得し、爆発的にその数を増やしているのです。

こうしたUGCから生まれた小説群を、私たちは「新文芸」と名付けました。

新文芸は、インターネットによる新しい「知」と「美」の形です。

2015年10月10日
井上伸一郎

WEBで大人気！
"完璧令嬢"フェリシアの
お妃様ルート
脱出ストーリー！
「レディローズは平民になりたい」
こおりあめ
イラスト✦ひだかなみ
乙女ゲームの世界に転生しましたが
お妃様なんてまっぴらごめんです！
全力で回避したいのに王子のお兄
様やら元義弟やら攻略キャラ達か
ら邪魔が入って……！
お願いだから平民にならせて
くださいっっ!!
文庫判
1~2巻
好評
発売中
角川ビーンズ文庫

WEBで大人気！
皇太后のお化粧係
柏《かしわ》てん
イラスト 由羅カイリ
美容の技術で異世界無双!?
後宮の化粧師には危険がいっぱい！
メイクアップアーティストの卵・鈴音はある日突然、中華風の異世界にトリップ！　妓女にされそうなところを現世で鍛えたメイクアップ術で回避したけれど、今度は妓楼に訪れたナゾの男、黒曜の企みで皇太后の悪事を暴くためお化粧係として後宮に潜入することになり……！
文庫判好評既刊
①皇太后のお化粧係
②後宮に咲く偽りの華
③ふたりを結ぶ相思の花
角川ビーンズ文庫

アルバート家の令嬢は没落をご所望です
著 さき
イラスト／双葉はづき
気がつけば乙女ゲームの悪役令嬢!?
大人気のWEB小説、書籍化！
文庫判
1〜3巻
好評
発売中!!
大貴族の令嬢メアリは思い出す。ここが前世でプレイしていた乙女ゲームの世界で、自分は主人公の恋を邪魔する悪役令嬢だということを……だったら目指せ没落！　とはりきるけれど、なぜか主人公になつかれて!?

角川ビーンズ文庫

公爵令嬢の嗜《たしな》み
バッドエンドから始まる、
公爵令嬢の逆転劇――!!
角川コミックス・エースより
コミックス第①～②巻
大好評発売中!!
原作:澪亜　漫画:梅宮スキ
キャラクター原案:双葉はづき
各巻 澪亜書き下ろし
ショートストーリーを収録!!
※2017年3月の情報です。
無料で読めるコミック連載は
ヤングエースUPをチェック!
https://web-ace.jp/youngaceup/
澪亜 Reia
Illustration／双葉はづき
四六単行本
カドカワBOOKS
「これって乙女ゲームのエンディングシーン?」前世の記憶が甦ったのは、
床に押さえつけられた公爵令嬢(私)が婚約者の王子に婚約破棄をされる
場面。設定通りだと、この後は教会に幽閉というバッドエンドで――!?
1~4巻好評発売中!!